Zu diesem Buch

In einer Umkehrung der Zeitabläufe gelingt es Martin Amis, den Blick des Lesers auf die surrealen Dimensionen des Seins zu richten. Auf geheimnisvolle Weise entstehen so zum Beispiel aus Autowracks fahrtüchtige Beförderungsmittel, die irgendwann in einem Ausstellungsraum dem strahlenden Händler übergeben werden. Auch menschliche Beziehungen, Verbrechen und Verdrängung gestalten sich von ihrem Ende her.

»Martin Amis ist es nicht nur gelungen, mit eindringlichen Bildern und einer raffinierten Erzähltechnik die Psyche eines angepaßten Spießers zu analysieren, der sich als monströser Massenmörder betätigt. Diesem britischen Erzähltalent gelingt auch das Kunststück, mit der im ›Pfeil der Zeit‹ veränderten Zeitstruktur und den dadurch umgekehrten Kausalketten dem Leser ... eine völlig neue Sichtweise der Realität nahezubringen.« (Norddeutscher Rundfunk)

Martin Amis, geboren am 25. August 1949 als Sohn des Schriftstellers Kingsley Amis, arbeitete nach seinem Studium am Exeter College in Oxford für verschiedene Zeitungen in England. Bereits für seinen ersten Roman »The Rachel Papers« erhielt er unter anderem den Somerset Maugham Award. In der Reihe der rororo-Taschenbücher erschien bereits sein erfolgreicher Yuppie-Roman »Gierig« (Nr. 13250), im Rowohlt Verlag liegt der Thriller für die Jahrtausendwende »1999« (Rowohlt 1995) vor. Martin Amis lebt in London und in New York.

Martin Amis

Pfeil der Zeit

Roman

Deutsch von
Alfons Winkelmann

rororo

Rowohlt

Die Originalausgabe erschien unter dem Titel *Time's Arrow*
bei Jonathan Cape, London

Veröffentlicht im Rowohlt Taschenbuch Verlag GmbH,
Reinbek bei Hamburg, Juli 1995

Textbearbeitung: Uta Kreuter
Umschlaggestaltung Walter Hellmann
Gesamtherstellung Clausen & Bosse, Leck
Printed in Germany
1290-ISBN 3 499 13415 2

Für Sally

ERSTER TEIL

I

Was in der Luft liegt, das geschieht auch

Ich trat heraus aus dem schwärzesten Schlaf und fand mich umringt von *Ärzten* . . . amerikanischen Ärzten: Ich spürte ihren Tatendrang, den sie ebensowenig zu bändigen vermochten wie das üppige Sprießen ihrer Körperbehaarung; und ich spürte die widerwärtige Berührung ihrer widerwärtigen Hände – Arzthände, stark, sauber und wohlriechend. Obgleich ich fast vollständig gelähmt war, stellte ich doch fest, daß ich die Augen bewegen konnte; sagen wir, die Augen jedenfalls bewegten sich. Den Ärzten kam meine Unbeweglichkeit sehr zupaß. Sie diskutierten meinen Fall, das spürte ich, jedoch auch andere Dinge, die mehr mit ihrer überreichlichen Freizeit zu tun hatten: Hobbys und so weiter. Wie von ungefähr kam mir der Gedanke, und es überraschte mich, mit welcher Kraft und Eindeutigkeit und ohne jeden Zweifel ich ihn faßte: Wie ich doch die Ärzte hasse! Jeden Arzt. Alle Ärzte. Denken Sie doch mal an den jüdischen Witz, wo die alte Dame völlig aufgelöst am Strand entlangläuft: *Hilfe! Mein Sohn, der Doktor, ertrinkt!* Urkomisch, vermutlich. Ihr Stolz ist urkomisch; er ist größer als ihre Liebe. Woher kommt nur der Stolz auf diese *Mediziner*kinder (warum ist es nicht Scham oder maßloses Grauen?): Intimfreunde von

Bazillen und Trichinen, von Traumata und Nekrosen, mit einem ekelhaften Vokabular und ekelhaften Utensilien (die blutbeschmierte Gummischürze, die an ihrem Haken hängt). Sie sind die Türsteher des Lebens. Und wer möchte das schon sein?

Natürlich trugen die Ärzte, die um mein Bett herumstanden, Freizeitkleidung; sie strahlten sonnengebräunte Selbstbeherrschung aus, gepaart mit der vertrauenerweckenden Einmütigkeit, die gruppendynamisch bei jeder größeren Ansammlung entsteht. Unter den gegebenen Umständen hätte ich ihre Haltung mir gegenüber vielleicht beleidigend leger finden können. Doch faßte ich wieder Zutrauen angesichts der extremen inneren Leere dieser Ärzte oder Jogger oder Body-Builder, dieser Experten des Tatendrangs – was irgend etwas mit ihrer humorlosen Jagd nach dem guten Leben zu tun hatte. Das gute Leben ist zumindest besser als das schlechte Leben. Es bedeutet Windsurfen, zum Beispiel, und schnelles Geld an der Börse, Bogenschießen, Drachenfliegen und gutes Essen. Im Schlaf hatte ich einen Traum von . . . Nein, so war's nicht. Lassen Sie's mich so ausdrücken: Die Dunkelheit, aus der ich aufgetaucht war, beherrschte eine Gestalt, eine männliche Figur mit einer absolut unfaßbaren Aura, die so etwas in sich barg wie Schönheit, Schrecken, Liebe, Schmutz und vor allem Macht. Diese männliche Gestalt oder Substanz hatte einen weißen Kittel an (den weißen gestärkten Kittel eines Arztes). Und schwarze Stiefel. Und ein gewisses Lächeln spielte um ihren Mund. Vielleicht war dieses Traumbild ein geisterhaftes Negativ des Arztes Numero eins – seines schwarzen Trainingsanzugs, seiner Profi-Turnschuhe und des zufriedenen Zuckens, als er mit einem Kopfschütteln auf meine Brust deutete.

Die Zeit verstrich jetzt ganz unmerklich, denn sie

wurde vom Existenzkampf beansprucht: Das Bett war wie eine Falle oder eine Grube mit einem Netz darüber, und da war ein Gefühl, sich auf eine schreckliche Reise zu begeben, hin zu einem schrecklichen Geheimnis. Womit hatte dieses Geheimnis zu tun? Mit ihm: dem denkbar falschesten Mann am falschen Ort zur falschen Zeit.

Ich wurde tatsächlich nach und nach kräftiger. Meine Ärzte kamen und gingen, mich heftig drückend und selbst heftig atmend, und bewunderten meine neuerworbene Fähigkeit, zu glucksen und zu winseln, die etwas theatralischen Zuckungen und die athletischen ruckartigen Bewegungen. Oft war eine Krankenschwester da, allein, auf anbetungswürdiger Nachtwache. Ihre cremefarbene Tracht raschelte wie Packpapier – ein Geräusch, in das ich all mein Verlangen packen und all mein Vertrauen setzen konnte, das spürte ich. Denn zu dieser Zeit ging es mir schon beträchtlich besser, ich fühlte mich wirklich obenauf. Besser als je zuvor. Das Gefühl und alle damit verbundenen Genüsse kehrten zuerst in meine linke Seite zurück (ganz plötzlich) und dann in meine rechte Seite (wunderbar verstohlen). Ich erntete sogar Lob von der Krankenschwester, weil ich fast ohne Hilfe geschmeidig den Rücken durchbog, während sie die leidige Sache mit der Bettpfanne erledigte ... Auf jeden Fall lag ich in einer ruhigen, festlichen Stimmung da, solange es eben währte, bis zu jener schlimmen Stunde – und den Sanitätern. Mit den Golf spielenden Ärzten kam ich zurecht, die Krankenschwester war uneingeschränkt ein Pluspunkt. Dann jedoch kamen die Krankenpfleger, die mich mit Elektroschocks und Sauerstoff behandelten. Es waren drei. Sie fackelten nicht lange. Sie eilten ins Zimmer, packten mich in meine Kleider und brachten mich auf einer Trage in den Garten. Tatsache. Daraufhin versetzten sie mir mit zwei

Strippen, mit so etwas wie Telefonhörern an den Enden (weiß – weißglühend), einen Schlag auf die Brust. Ehe sie schließlich davongingen, preßte einer von ihnen seine Lippen auf die meinen. Ich glaube, die Bezeichnung hierfür zu kennen. Es wird Mund-zu-Mund-Beatmung genannt. Danach muß mir schwarz vor Augen geworden sein.

Und als ich wieder zu mir kam, geschah's mit einem vernehmlichen Plopp in den Ohren und einem starken Gefühl von Einsamkeit, nebst einem der Liebe und Bewunderung für diesen großen, gleichmütigen Körper, in dem ich steckte und der sich gerade ganz unbekümmert abmühte, über ein Rosenbeet zu greifen und eine herabhängende Weinranke in einem Holzspalier hochzubinden. Mit bedächtiger Geschicklichkeit werkelte der große Körper weiter: ja, er verstand wirklich sein Handwerk. Ich wollte mich entspannen und einen Blick auf den Garten werfen – aber irgend etwas funktionierte nicht richtig. Irgend etwas: Dieser Körper, in dem ich stecke, will keine Befehle meines Willens annehmen. Sieh dich um! sage ich. Aber sein Hals nimmt mich nicht zur Kenntnis. Seine Augen haben ihre eigene Tagesordnung. Ist's was Ernsthaftes? Geht's uns gut? Ich geriet nicht in Panik. Ich behalf mich mit einem Blick aus den Augenwinkeln, was schließlich das nächstbeste ist. Pflanzen wogten auf und nieder, zitterten wie Pulsschläge oder sanfte Explosionen an der Schläfe. Und ein allumfassendes blasses Grün, in Streifen geschnitten und geprägt von einem blassen Licht, wie . . . wie amerikanisches Geld. Ich werkelte dort draußen herum, bis es allmählich dunkel wurde. Ich brachte das Werkzeug in den Geräteschuppen. Einen Augenblick! Warum gehe ich *rückwärts* ins Haus? Moment. Kommt die Morgen- oder die Abenddämmerung? Welche . . . welche Stationen hat die Reise, auf der ich mich befinde? Was sind ihre Regeln? Warum singen die Vögel so seltsam? Wohin gehe ich?

Routine hat sich eingestellt, in jeglicher Hinsicht. Es sieht so aus, als würde ich den Dreh für die Dinge rauskriegen.

Ich lebe hier draußen im Wäscheleinen- und Briefkasten-Amerika, im harmlosen Amerika, im freundlich-herablassenden Schmelztiegel-, Primärfarben-, Du-bist-o.k.-ich-bin-o.k.-*Amerika*. Mein Name ist natürlich Todd Friendly. Todd T. Friendly. O ja, da bin ich, genau in den ›Flegeljahren‹ oder vor ›Hank's Eisenwarenhandlung‹ oder auf dem Rasen vor dem weißen Rathaus, habe mich in die Brust geworfen und halte die Hände in die Hüften gestemmt, mit so etwas wie einem schweigenden Ha-Ha-Ha. Was bin ich doch für ein Mordskerl. Ich bin hier – bin im Naturkostladen, auf der Post, und ich sage ›Hallo‹ und ›Tschüs denn‹ und ›Gut. Gut‹. Doch das stimmt nicht ganz. Es geht folgendermaßen:

»Tug. Tug«, sagt die Dame in der Apotheke.

»Tug«, falle ich ein. »NenhI s'theg eiw?«

»Etueh nenhI s'theg eiW?«

»Mh-mm«, macht sie, als sie meine Haarcreme auspackt. Ich gehe davon, rückwärts, und tippe an den Hut. Ich rede ohne eigenen Willen, ebenso, wie ich alles andere tue. Um die Wahrheit zu sagen, es hat eine ganze Weile gedauert, bis mir aufgegangen ist, daß das erbärmliche Gebrabbel überall um mich herum eigentlich menschliche Sprache ist. Jesses, selbst die Lerchen und Spatzen hören sich würdevoller an. Ich übersetze dieses menschliche Kauderwelsch aus Interesse. Ich habe es bald begriffen. Ich weiß, ich beherrsche es jetzt fließend, denn ich kann darin träumen. Hier, in Todds

Kopf, liegt eine weitere, eine zweite Sprache. In dieser Sprache träumen wir gleichfalls manchmal.

Aber ja, weiter geht's, feiner Hut, gut beschuht, die *Gazette* unterm Arm, vorbei an den kleinen Einfahrten (DICHT BESIEDELT), den Briefkästen mit Namensschildern (Wells, Cohen, Rezika, Meleagrou, Klodzinski, Schering-Kahlbaum und was weiß ich, wer noch), dem stillen Ehrgeiz einer jeden Heimstätte (Privatbesitz: Betreten verboten), den überfüllten Schulbussen und dem gelben Schild mit der Aufschrift ›Vorsicht – KINDER‹ und der schwarzen Gestalt dieses heranstürzenden Jungen, der die Schultasche fest an sich drückt (natürlich sieht er nicht her. Er ist mit Laufen beschäftigt. Das Gesicht, den Blick nach unten. Er hat keinen Sinn für Autos; lediglich für die rechtmäßige Ausübung seiner irdischen Kräfte). Wenn sich die Kleinen im Supermarkt an mir vorbeidrücken, wuschele ich ihnen in altbewährter Weise den Schopf. Todd Friendly. Ich habe keinen Zugriff auf seine Gedanken – aber ich bin überflutet von seinen Gefühlen. Ich bin ein Krokodil im dichten Fluß seines Gefühlslebens. Und wissen Sie was? Alle Blicke, jedes Paar Augen, gerade wenn sie unverhohlen abschätzend zusammengekniffen werden, sind auf irgend etwas in ihm gerichtet, und ich spüre die Hitze von Furcht und Scham. Ist das mein Ziel? Und wenn ich innehalte und sie analysiere, ist Todds Furcht *wirklich* erschreckend. Und unerklärlich. Sie hat etwas mit seiner eigenen Verstümmelung zu tun. Wer mochte dafür verantwortlich sein? Und wie kann er sie überwinden?

Aufgepaßt. Wir werden jünger. Tatsache. Wir werden stärker. Wir werden sogar *größer*. Die Welt, in der wir uns befinden, erkenne ich nicht ganz wieder. Alles ist vertraut, jedoch alles andere als beruhigend. Weit entfernt davon. Es ist eine Welt der Irrtümer, kontrastierender Irrtümer. Die anderen Menschen werden gleichfalls jünger, aber es macht ihnen anscheinend nichts aus, zumindest nicht mehr als Todd. Bei ihnen geschieht es nicht wider besseres Wissen, und sie finden es auch nicht ein klein wenig widerwärtig wie ich. Doch bin ich noch immer machtlos, kann nichts daran ändern. Ich kann mich nicht zu einer Ausnahme machen. Die anderen – haben auch sie jemanden in sich, einen Passagier oder Parasiten wie mich? Sie sind glücklich. Ich wette, sie haben keine solchen Träume, wie wir sie haben. Die Gestalt in dem weißen Kittel und den schwarzen Stiefeln. In ihrem Kielwasser ein Blizzard aus Wind und Hagel, wie ein Sturm aus menschlichen Seelen.

Jeden Tag, wenn Todd und ich mit der *Gazette* durch sind, bringen wir sie zum Geschäft zurück. Ich werfe schnell einen Blick auf die Datumszeile. Und so funktioniert es: Nach dem 2. Oktober erhält man den 1. Oktober. Nach dem 1. Oktober erhält man den 30. September. Wie können Sie sich *das* erklären? . . . Den Irren sagt man nach, sie hätten eine Film- oder Bühnenkulisse im Kopf, die sie sich einrichten und ausstatten und worin sie sich bewegen. Aber Todd ist geistig gesund, offensichtlich, und man teilt seine Welt. Nur kommt es mir so vor, als liefe der Film rückwärts.

Ich bin nicht völlig blöde.

So entdeckte ich beispielsweise, daß ich mit einer ziemlichen Menge an wertfreien Informationen ausgerüstet bin, oder Allgemeinwissen, wenn Ihnen das lieber ist. $E=mc^2$. Die Lichtgeschwindigkeit beträgt 300 000 km pro Sekunde. Das ist nicht gerade langsam. Das Universum ist endlich, jedoch grenzenlos. Bei den Planeten handelt es sich um Merkur, Venus, Erde,

Mars, Jupiter, Saturn, Neptun, Pluto – armer alter Pluto, weit unter dem Gefrierpunkt, weit unter normal, aus Eis und Fels geformt und so weit weg von Wärme und Licht. Das Leben ist kein Zuckerschlecken, mit seinen Höhen und Tiefen. Einmal steht man auf der Gewinner-, das andere Mal auf der Verliererseite. Alles gleicht sich aus. Es erfüllt die Erwartungen. Was in der Luft liegt, das geschieht auch. 1066, 1789, 1945. Ich habe ein bestechendes Vokabular (Monade, zurückziehbar, Nekropolis, Palindrom, Anti-Separierungsbestrebungen) und beherrsche lässig die Regeln der Grammatik. Der Apostroph in ›Please Respect Owner's Rights‹ ist nicht dort, wo er sein sollte. (Auch nicht der auf dem Plakat an der Schnellstraße 6, das für ›Rogers' Liquor Locker‹ wirbt.) Abgesehen von Wörtern, die sich auf eine Bewegung oder einen Vorgang beziehen und bei denen ich automatisch nach meinen Anführungszeichen greife (›geben‹, ›fallen‹, ›essen‹, ›den Darm entleeren‹), ergibt die Schriftsprache einen klaren Sinn, anders als die gesprochene Sprache. Und noch ein Witz: »Sie ruft mich an und sagt: ›Komm rüber! Es ist niemand zu Hause.‹ Also gehe ich rüber. Und? Es ist niemand zu Hause.« Mars ist der römische Gott des Krieges. Narziß verliebte sich ins eigene Spiegelbild – in die eigene Seele. Wenn Sie jemals einen Pakt mit dem Teufel schließen wollen, und er möchte von Ihnen eine Gegenleistung – geben Sie nicht Ihr Spiegelbild her. Niemals, denn es ist Ihr Abbild, Ihr Doppelgänger, Partner Ihrer Geheimnisse. Eines muß man dem Teufel lassen: Er handelt auf eigene Faust und befolgt nicht einfach bloß Befehle.

Niemand hätte Todd Friendly den Vorwurf machen können, ins eigene Spiegelbild verliebt zu sein. Im Gegenteil, er kann seinen Anblick nicht ausstehen. Er pflegt sich handgreiflich; benutzt lieber einen elektrischen Rasierapparat und schneidet sich selbst brutal mit einer Küchenschere die Haare. Gott weiß, wie er aussieht. In unserem Haus gibt es natürlich mehrere Spiegel, aber er stellt sich ihnen niemals oder zieht sie zu Rate. Gelegentlich erhalte ich einen Hinweis aus einem abgedunkelten Schaufenster; manchmal auch zufällig ein verzerrtes Bild von den polierten Wasserhähnen oder von einem Messer. Allerdings ist meine Neugier durch sein Zittern stark abgeflaut. Sein Körper macht auch nicht viel her: die verräterischen Flecken auf den Handrücken, der Leib, an dem die Haut schlaff herabhängt und nach Geflügel und Pfefferminz riecht, die Füße. Auf den Straßen von Wellport sind uns einige guterhaltene Senioren über den Weg gelaufen, faßförmige Opas und stämmige Seebären, die ›gut drauf‹ sind. Todd ist nicht gut drauf. Noch nicht. Er ist noch immer ein ziemliches Wrack, gebeugt und mißtrauisch, voller Scham. Und sein Gesicht? Nun ja, es geschah eines Nachts, zwischen schlechten Träumen. Er war mit langsamen Schritten ins dunkle Bad gegangen und hatte zusammengesunken über dem Becken gestanden, hatte sich verloren, entpersönlicht gefühlt, und er hatte versucht, sich mit dem fließenden Wasser zu beruhigen oder zu besänftigen. Todd wimmerte, richtete sich vor dem dunklen Spiegel auf und griff nach dem Schalter. Sachte, sachte, dachte ich. Es *mußte* mit Lichtgeschwindigkeit geschehen. Ganz ruhig jetzt. Und los . . .

Ich hatte erwartet, beschissen auszusehen, aber das hier war lächerlich. Jesses! Wir sehen *wirklich* wie ein Haufen Scheiße aus. Tatsächlich, wie Kuhfladen. Meine Güte! Ist hier ernstlich jemand drin? Ja, langsam nimmt er Gestalt an – Todds Kopf. Flankiert von den beiden großen Löffeln, den Ohren; das dünne Haar liegt wie weißes Gewürm über dem runzligen Schädel. Schmierig ist es auch. Damit habe ich gerechnet: Jeden Morgen füllt er die Schmiere, die das Haar absondert, in Flaschen und bringt diese alle paar Monate oder so zum Apotheker. Dafür erhält er 3 Dollar 45 Cent. Genauso verfährt er mit dem süßlich riechenden Puder, den seine ungepflegte Haut auf geheimnisvolle Weise abschüttelt . . . Und erst das Gesicht: Inmitten von Runzeln und Falten, die nichts aussagen, liegt ein ausdrucksvoller Wirbel um die Augen, ernst, verschwiegen, unverzeihlich komisch und voller Furcht. Todd schaltete das Licht aus. Er ging zurück ins Bett und nahm seine Alpträume wieder auf. An seinem Bettzeug haftet der weiße Geruch der Furcht. Notgedrungen muß ich riechen, was er riecht, den Babypuder, den Geruch seiner Nägel, ehe sie das Feuer ausspuckt – er fängt sie mit dem Teller auf und quält sich anschließend damit ab, sie an den zitternden Fingerspitzen anzubringen.

Empfinde nur ich es so, oder ist das etwa eine phantastische Art, sich durchzubringen? Beispielsweise ist das ganze Leben, alles Essen, jeglicher Sinn (und eine Menge Geld) Resultat eines einzigen Einrichtungsgegenstandes: der Klospülung. Am Ende des Tages, vor meinem Kaffee, gehe ich aufs Klo. Und er ist bereits dort: dieser peinlich *warme* Geruch. Ich lasse die Hosen runter und ziehe am magischen Hebel. Auf einmal ist alles da, komplett mit Toilettenpapier, das man benutzt und anschließend geschickt auf der Klopapierrolle aufrollt. Später zieht man die Hose hoch und wartet darauf, daß der Schmerz vergeht. Vielleicht der Schmerz über die ganze Transaktion, über die ganze Abhängigkeit. Kein Wunder, daß wir dabei weinen. Ein rascher Blick hinab auf das klare Wasser in der Schüssel. Ich weiß nicht recht, aber mir erscheint es wie ein höllisches Dasein.

Anschließend die beiden Tassen koffeinfreien Kaffee, und dann ab in die Falle.

Die Mahlzeiten sind auch nicht sonderlich vergnüglich. Zunächst einmal kommt das saubere Geschirr in den Geschirrspüler, der, nehme ich an, tadellos funktioniert wie alle meine sonstigen Haushaltsgeräte, bis so ein fetter Kerl im Overall daherkommt und sie mit seinen Werkzeugen traumatisiert. So weit, so gut: Dann sucht man sich einen schmutzigen Teller aus, sammelt ein paar Abfälle aus dem Müll, setzt sich nieder und wartet ein wenig. Ich würge verschiedene Brocken hoch, und nach einer geschickten Massage mit Zunge und Zähnen übergebe ich sie aus dem Mund auf den Teller und forme sie zusätzlich mit Messer, Gabel und Löffel. Das wirkt zumindest ein bißchen therapeutisch, es sei denn, es handelt sich um Suppe oder so etwas Ähnliches, was wirklich eine Strafe sein kann. Als nächstes sieht man sich dem mühseligen Geschäft des Abkühlens, des Zusammenfügens, des Einlagerns gegenüber, ehe man die Nahrungsmittel zurück in den Supermarkt bringt, wo ich, zugegeben, prompt und großzügig für meine Schmerzen entschädigt werde. Dann geht man mit dem Einkaufswagen oder einem Korb die Gänge entlang und stellt jede Dose oder Pakkung an den richtigen Platz zurück.

Noch etwas enttäuscht mich ernstlich an dieser Lebensführung hier: das Lesen. Jeden Abend kämpfe ich mich aus dem Bett, um den Tag zu beginnen – und womit? Nicht mit einem Buch. Noch nicht einmal mit der *Gazette*. Nein. Zwei oder drei Stunden mit einem schrillen Revolverblatt. Ich beginne am Ende des Artikels, arbeite mich die Seite hoch und finde jede Story in zentimeterhohen Lettern wenig erbaulich oben auf der Seite zusammengefaßt. MANN SCHENKT HUND

DAS LEBEN oder STARLET VON PTERODACTYLUS VERGEWALTIGT. Greta Garbo, lese ich, ist als Katze wiedergeboren worden. All dies Zeugs über *Zwillinge*. Eine nordische Superrasse wird binnen kurzem aus den kosmischen Eiswolken niedersteigen; tausend Jahre lang wird sie die Erde beherrschen. All dies Zeugs über *Atlantis*. Angemessenerweise bringen mir die Müllmänner mein Lesefutter. Ich zerre die Säcke herein – die, so scheint es, von den monströsen Kieferknochen, von der industriellen Gewalt des Müllwagens ausgespuckt werden. Und so sitze ich hier, speie ins Glas und sauge all diesen schwachsinnigen Dreck in mich auf. Ich kann nichts daran ändern. Ich bin Todds Gnade ausgeliefert. Was geht vor – in der Welt, meine ich? Darüber wüßte auch ich nichts. Außer wenn Todds Blick vom amerikanischen Kreuzworträtsel in der *Gazette* abschweift. Die meiste Zeit über starre ich auf so Zeugs wie *Gegenteil von klein (4)* oder *Nicht schmutzig (6)*. Im Wohnzimmer steht ein Bücherregal. Hinter den verstaubten Scheiben stehen die verstaubten Buchrükken bereit. Aber nein. Statt dessen DAS LIEBESLEBEN AUF DEM PLUTO. AFFE SAGT: ICH BIN ZSA ZSA GABOR! SIAMESISCHE FÜNFLINGE!

Jetzt, da die Jahre in die Vergangenheit schlingern, gibt es doch ein paar Pluspunkte. Die Reagan-Ära tut meiner Ansicht nach Wunder für Todds Stimmung.

Körperlich bin ich großartig in Form. Knöchel, Knie, Rückgrat und Hals schmerzen nicht mehr länger die ganze Zeit über – oder zumindest nicht alle gleichzeitig. Ich gelange weitaus rascher ans Ziel: wie beispielsweise ans andere Ende des Zimmers. Ich bin da, ehe man sich's versieht. Meine Haltung ist beinahe königlich. Meinen Stock habe ich schon längst verkauft.

Todd und ich fühlen uns so großartig, daß wir einem Tennisklub beigetreten sind und begonnen haben zu spielen. Vielleicht etwas voreilig. Denn zumindest in der Anfangsphase schmerzt uns der Rücken höllisch dabei. Tennis ist meiner Meinung nach ein ziemlich stumpfsinniges Spiel: Der Filzball springt aus dem Netz oder aus dem Maschendraht am hinteren Ende des Spielfelds, und wir vier dreschen ihn herum, bis ihn der Aufschläger – völlig willkürlich, wie es mir vorkommt – einsteckt. Dennoch springen wir schnaubend davon und sind zufrieden. Wir reißen Witze und nehmen uns auf den Arm: Unsere Bruchbänder, unsere Ellbogenbandagen. *Plopp* sagen die Schläger. Todd ist populär; die Burschen halten anscheinend viel von ihm. Ich weiß nicht, was Todd von ihnen hält, außer daß mir seine Hormone sagen, er könnte ohne irgendwelche besondere Aufmerksamkeit zurechtkommen, sogar überhaupt ohne jede Aufmerksamkeit.

Die meiste Zeit sitzen wir im Klubraum herum und spielen Karten. Dort im Klubraum sehe ich den Präsidenten, oben, im Fernseher. Ja, die alten Knaben, die älteren Herrschaften mit ihren Sommersprossen und Fruchtsäften, sie alle stehen schwer auf den Präsidenten: sein Stirnrunzeln, seine Schnitzer, seine Weltklasse-Frisur. Todd gefällt's im Klubraum, aber ein Mann ist hier, den er haßt und fürchtet. Der Name des Mannes ist Artur – noch so ein hünenhafter Opa, der einem mörderisch auf den Rücken schlägt und eine Stimme hat, kräftig genug, Jahrtausende zu durchdringen. Selbst ich hatte eine Scheißangst, als es zum erstenmal geschah, als Artur sich über den Tisch wälzte, Todd eine Art Genickschlag versetzte, der ihm fast den Hals gebrochen hätte, und mit unglaublicher Lautstärke sagte:

»Du frißt sie lebendig.«

»Ja. Und hinter was?« fragte Todd.

Er beugte sich näher heran. »Die anderen hier drin mögen dir diesen Scheiß ja vielleicht abkaufen, Friendly, aber ich weiß, hinter was du her bist.«

»Oh, das ist gewaltig aufgebauscht worden.«

»Jagst du sie noch immer?« rief Artur und wälzte sich wieder davon.

Bei jedem unserer Versuche, an Arturs Tisch vorbeizuschlüpfen, folgt eine Stille, dann ein Geflüster, das sich seinen Weg quer durch den Raum bahnt: »Todd Friendly hatte mehr Miezen, als die Polizei erlaubt.« Todd gefällt das gar nicht. Es gefällt ihm ganz und gar nicht.

Nichtsdestoweniger ruht dieser Tage Todd Friendlys Blick wirklich und wahrhaftig auf den Körpern der hiesigen Fräuleins, während die ihre Einkaufswagen durch den Supermarkt schieben. Die Fußknöchel, die Taille, der Ansatz der Schlüsselbeine, das Haar. Es stellt sich gleichfalls heraus, daß Todd einen schwarzen Kasten mit Photos von Frauen besitzt. Lebenslustige alte Matronen in Partykleidern und braunen Hosenanzügen. Mit Bändern umschnürte Briefe, Medaillons, der Krimskrams der Liebe. Weiter unten im Kasten, wo Todd nicht oft wühlt, werden die Frauen merklich jünger, und man sieht sie in so Sachen wie Shorts und Badeanzügen. Wenn das alles bedeutet, was es meiner Ansicht nach bedeutet, dann bin ich zu ungeduldig. Ich kann's wirklich nicht erwarten. Ich weiß nicht, wieviel Sinn es macht zu sagen, daß ich der Gesellschaft Todds allmählich müde werde. Wir stecken hier gemeinsam drin, absolut. Aber es ist nicht gut für ihn, so allein zu sein. *Seine* Isolation ist vollkommen. Weil er nicht weiß, daß ich hier bin.

Die ganze Zeit über nehmen wir neue Gewohnheiten

an. Schlechte Gewohnheiten, vermutlich: einsam auf jeden Fall. Todd sündigt allein . . . Er hat Geschmack an Tabak und Alkohol gefunden. Er beginnt den Tag mit diesen Lastern – das stille Glas Rotwein, die gedankenvolle Zigarre –, und heißt es nicht, das sei besonders schlimm? Die andere Sache ist die: Ziemlich lustlos und auch nicht im geringsten erfolgreich, soweit ich's beurteilen kann, haben wir damit begonnen, an uns selbst sexuell herumzuspielen. Das geschieht, *wenn* überhaupt, unmittelbar nach dem Aufwachen. Daraufhin stolpern wir auf die Füße, sammeln unsere Kleider vom Fußboden, setzen uns hin, speien in unser Glas, ziehen an einer nachdenklichen Perfecto und starren in das Revolverblatt mit all seinem Schund.

Schwer zu sagen – und ich müßte es doch wissen –, ob Todd freundlich ist. Oder wie unfreundlich. Er nimmt den Kindern auf der Straße das Spielzeug weg. Tatsache. Das Kind steht da neben seiner nervösen Mutter, zusammen mit dem großen Papi. Todd nähert sich. Das Spielzeug, eine Quietsche-Ente oder was auch immer, wird ihm von dem lächelnden Kind angeboten. Todd nimmt es. Und tritt den Rückzug an, mit einem, wie es wohl genannt wird, scheißfreundlichen Grinsen. Das Gesicht des Kindes wird ausdruckslos oder verschlossen. Sowohl Spielzeug als auch Lächeln sind verschwunden; er nimmt beides mit. Dann begibt er sich in den nächsten Laden, um es in Bargeld zu verwandeln. Wofür? Für ein paar Kröten. Können Sie an einen solchen Burschen glauben? Er nimmt einem Baby die Süßigkeiten weg, wenn dabei fünfzig Cent für ihn herausspringen. Todd geht zur Kirche und so. Am Sonntag schleppt er sich hin, mit Hut, Krawatte, dunklem Anzug. Der alles verzeihende Blick, den er auf dem

Weg dorthin von allen erhält – Todd braucht sie, die gesellschaftliche Bestätigung, ganz klar. Wir setzen uns in Reihen hintereinander und beten einen Leichnam an. Aber was Todd will, liegt auf der Hand. Jesses, er ist so schamlos. Er fischt sich jedesmal einen wirklich großen Schein aus dem Klingelbeutel.

Es ist alles sehr fremd für mich. Ich weiß, ich lebe auf einem wilden und magischen Planeten, der Regen abstößt oder weggibt oder ihn sogar peitschend wegwirft, der goldene elektrische Blitzschläge mit 300 000 km pro Sekunde ins Firmament abfeuert, der mit einem einzigen Zucken seiner tektonischen Platte in einer halben Stunde eine Stadt errichten kann. Etwas erschaffen . . . ist einfach, geschieht rasch. Offensichtlich gibt's da auch noch ein Universum. Ich kann's jedoch nicht ertragen, die Sterne anzublicken, obgleich ich weiß, daß sie ganz in Ordnung sind, und ich sehe sie deshalb, weil Todd jede Nacht zu ihnen aufschaut, wie es ein jeder tut, und dabei durch die Zähne pfeift und mit dem Finger hinzeigt. Der Große Bär, Sirius, der Hund. Die Sterne lösen in mir ein Kribbeln aus, die sind wie die Straßenkarte eines Alptraums. Bloß nicht die Pünktchen verbinden . . . Nur über einen der Sterne vermag ich ohne Schmerz nachzusinnen. Und das ist ein Planet. Den Planeten, den man den Abendstern nennt, den Morgenstern. Die strahlende Venus.

In Todds schwarzem Kasten – ich weiß es – befinden sich auch Liebesbriefe. Ich sage mir selbst, ich muß geduldig bleiben. Mittlerweile falte ich manchmal Briefe zusammen, die ich nicht selbst geschrieben habe, verschließe sie nachlässig und schicke sie ab. Todd stellt sie her, aus Feuer. Dort drüben im Kamin. Später unternehmen wir einen Spaziergang und stecken sie in unseren Briefkasten, auf dem T.T. FRIENDLY steht. Es sind Briefe an mich, an uns. Gegenwärtig haben wir nur diesen einen Briefpartner. Irgendein Bursche in New York. Stets dieselbe Unterschrift unten auf der Seite. Stets der gleiche Brief, was das betrifft. Da steht: »Lieber Todd Friendly, ich hoffe, Ihnen geht es gut. Das Wetter hier ist weiterhin mild! Alles Gute . . . Ihr . . .« Diese Briefe treffen einmal im Jahr ein, etwa zum Jahreswechsel. Es dauerte nicht lange, bis ich fand, daß sich die Briefe allmählich wiederholten und gleichzeitig langweilig wurden. Todd fühlt da anders. Nächtelang, ehe die Briefe eintreffen, spricht seine Physiologie von erwachter Furcht, von unwürdiger Erleichterung.

Den Mond sehe ich wirklich gerne an. Sein Gesicht sieht zu dieser Zeit des Monats besonders feige und willensschwach aus, wie die verbannte oder erniedrigte Seele der Erde.

II

Grausam muß man sein, damit man freundlich ist

Alles entwickelte sich so nach und nach. Ein neues Heim. Eine Karriere. Die Benutzung eines Automobils. Und ein Liebesleben. Aufgrund all dieser Aktivitäten hatte ich kaum einen Augenblick für mich selbst.

Der Umzug ins neue Haus ging reibungslos vonstatten: eine glatte, elegante Sache. Große Männer luden meine Kisten auf ihren Laster. Ich fuhr mit ihnen im Führerhaus – witzige Bemerkungen flogen hin und her – zu unserem Ziel. Die Stadt. Die Schnellstraße 6 hinab, südlich des Flusses, über die Geleise, hinter den Viehhöfen und ihrer verrosteten Korsage entlang, den arthritischen Strumpfhaltern, den Bruchbändern. Das neue Eigenheim ist kleiner als unser altes: terrassenförmig, zwei Treppen hinauf, zwei Treppen hinab, ein bescheidener Hinterhof. Ich bin entzückt von diesem Ort. Die ›menschliche‹ Spezies in ihrer Vielfalt und Amerikas charmanter Pluralismus begeistern mich, und davon ist hier noch eine Menge mehr vorhanden. Todds Empfindungen sind jedoch zwiespältig. Er ist verwirrt. Das kann ich wohl sagen. Am Tag unseres Umzugs zum Beispiel, als die Männer noch immer unter ihren Kisten und Umzugskartons schwankten, schlüpfte Todd hinaus in den Garten – in den Garten, in dem er so viele Jahre geackert hatte. Er ließ sich auf die Knie nieder und schnüffelte, hungrig, schwer . . . Auf seine Weise war es wunderschön. Tränengleiche Tropfen von Feuchtigkeit formten sich auf dem trockenen Gras und stiegen in die Luft, wie getrieben von den heftigen Stößen in unserer Brust. Die Flüssigkeit badete uns die Wangen, köstlich, bis wir sie schließlich mit blinzelnden Augen einsogen. Solcher Schmerz! Warum? Zu jener Zeit nahm ich an, er weinte um den Garten und über das was er ihm angetan hatte. Zu Anfang war der Garten der Himmel gewesen, über die Jahre hinweg jedoch, nun ja, geben Sie nicht mir die Schuld, mehr sage ich nicht. Es war nicht meine Entscheidung. Es ist niemals meine Entscheidung. Also waren Todds Tränen Tränen der Reue oder der Sühne. Für das, was er getan hatte. Sehen Sie hin. Ein Alptraum, alles verwelkt und vermodert, schwarzfleckig, überall Pilze. All die Tulpen und Rosen, die er geduldig ausgetrocknet und zerdrückt hatte, deren Leichname er daraufhin exhumiert und in der Papiertüte zum Geschäft zurückgebracht hatte, für Geld. All die Unkräuter und Nesseln, die er in den Boden gedreht hatte – und die Erde hatte diese Häßlichkeit angenommen, hatte sie mit jähem Griff geschnappt. Das also sind letztlich die Früchte von Todds akribischem Vandalismus. Die grüne Blattlaus, die weiße Blattlaus, die Blattwespe sind seine Vertrauten. Und die Bremse. Mit einem kurzen Zucken des Handgelenks versammelt er sie anscheinend auf seinem Gesicht. Die störrischen Bremsen ziehen sich zurück und kommen wieder; sie ruhen sich aus, sie reiben sich spöttisch und erwartungsvoll die Fühler. Zerstören – das ist mühevoll. Zerstören ist langsam.

Erschaffen ist, wie gesagt, überhaupt kein Problem. Wie bei dem Auto: Eines der ersten Dinge, die wir nach dem Einzug unternehmen – wir kreuzen bei dieser kleinen Reparaturwerkstatt oder dem kleinen Autofriedhof ein paar Straßen weiter südlich auf. Ich würde es als ein Unternehmen mit viel Gottvertrauen bezeichnen. Nur daß es eine gottverlassene Gegend ist. Die Gebäude ringsum sind ziemlich heruntergekommen. Das ist offensichtlich der springende Punkt bei den heutigen Städten. Man möchte vielleicht da arbeiten, aber da zu wohnen – daran denkt niemand, nicht einmal im Traum. Das Wesentliche, das Bedeutsame lagert alles in den Wohnvierteln, in den zernarbten Säulen der Wolkenkratzer. Nun ja, der Wagen war anscheinend in Ordnung. Er sah aus wie jeder andere Wagen. Todd jedoch sah ihn mit aufrichtigem Gefühl, mit der dumpfen Leidenschaft einer – ich weiß nicht so recht – enttäuschten Liebe an. Bald trat der Autoschlosser zu ihm, wobei er einen öligen Lappen mit öligen Fingern rieb. Als nächstes gibt ihm Todd achthundert Dollar. Der Mann zählt das Geld, und sie verhandeln eine Weile, Todd sagt neunhundert, der Mann sagt siebenhundert, dann sagt der Mann sechs, während Todd tausend haben will, und so weiter.

Alleingelassen mit dem Wagen läßt Todd die Finger über die Karosserie gleiten. Wonach sucht er? Vernarbtes Gewebe. Trauma . . . Auf jeden Fall war Todd an jenem Morgen trübsinniger Stimmung, wie ich mich erinnere. Am Nachmittag hatte er einer Beerdigung beigewohnt oder war nur zufällig Zeuge einer Beerdigung gewesen, hatte ziemlich weit hinten auf dem Friedhof gestanden, wo es sonst keine Trauergäste gab, wo die Gräber eingeebnet waren. Er bekreuzigte sich und schlüpfte rasch davon. Wir fuhren mit dem Bus zurück, und Busfahrten dauern ewig, und die Busse sind voller Betrunkener und kreischender Kinder . . . Ein Auto, das bringt's. *Auto*. Jeden Tag kehrten wir zu der Werkstatt zurück; und jeden Tag war unser Auto in erbärmlicherem Zustand. Achthundert Dollar? Und man konnte sie tatsächlich daran arbeiten sehen, die Automechaniker, mit Hämmern und Schraubenschlüsseln, bei der langen, schwierigen Aufgabe des geduldigen Abwrackens.

Unnütz zu sagen, daß Todds Auto ein echter Schrotthaufen war, als wir es in Besitz nehmen wollten (irgendwo anders: im Wohnviertel). Wir waren allerdings auch nicht gerade in Hochform. Die Transaktion hatte ein äußerst unwillkommenes Vorspiel. Krankenhaus. Ganz recht. Ein kurzer Abstecher in die Unfallstation. Wir nahmen unseren eigenen Weg dorthin (irgendwie kennt Todd seine Stadt rückwärts), und wir blieben nicht lange dort, Gott sei Dank. Man tut, was man zu tun hat: Man zieht das Hemd aus und wird gepiekt und beklopft, aber man hält den Kopf unten; man will nichts von dem wissen, was sie tun. Es ist nicht an dir, es auszusprechen. Es geht dich nichts an. Schließlich fuhren mich die Sanitäter in das Wohnviertel zum Schauplatz des Unfalls. Da, mein Wagen, wie ein wildes altes Mastschwein mitten in einer Zuckung, Schnauze und Stoßzahn eingedrückt, und es dampfte. Und mir selbst war auch nicht allzu wohl, als mir der Polizist dabei half, mich auf den Fahrersitz zu quetschen, und versuchte, die verzogene Fahrertür zu schließen. Danach lehnte ich mich zurück und überließ Todd alles übrige. Alle möglichen Leute starrten uns an, und eine Weile lang starrte Todd lediglich blöde zurück. Dann jedoch legte er los. Er rammte den Fuß aufs Bremspedal, woraufhin der Wagen bockte und kreischte und der Motor auf Touren kam. Mit einem geschickten Schlenker streifte er knirschend den schief dastehenden Hydranten auf dem Bürgersteig – und weg waren wir, schlingerten mit hoher Geschwindigkeit rückwärts die Straße hinauf. Andere Autos kreischten gleichfalls auf, um das jähe Vakuum in unserm Kielwasser zu füllen.

Minuten später: die erste Rate unseres Liebeslebens. Was ein ziemlicher Zufall war. Wir kamen nach Hause, Todd trat das Gaspedal durch, und wir kamen abrupt zum Stehen. Er hielt sich nicht damit auf, den Wagen zu bewundern (der Wagen sah wie neu aus: großartig!), sondern eilte hinein, warf mit einem Keuchen den Mantel beiseite und machte einen Satz zum Telefon.

Ich versuchte, mich zu konzentrieren. Ich habe wohl das meiste mitbekommen. Es ging folgendermaßen:

»Mach's gut, Todd.«

»Warte. Unternimm nichts.«

»Was soll's? Ist sowieso alles Scheiße.«

»Irene«, sagte er.

»Doch, Todd. Ich bin jetzt nur noch dieses gräßliche alte Weib. Wie ist das bloß gekommen?«

»Nein, das wirst du nicht tun.«

»Nein, das werde ich nicht tun.«

»Nein, das wirst du nicht tun.«

»Ich werde die *New York Times* anrufen.«

»Irene«, sagte er mit frischer Leidenschaft in der Stimme. Und frischer Leidenschaft am ganzen Körper.

»Ich weiß, du hast deinen Namen geändert. Wie findest du das. Ich weiß, du bist geflohen.«

»Du weißt nichts.«

»Ich werde dich entlarven.«

»Oh, wirklich?«

»Du hast in der Nacht geredet. Im Schlaf.«

»Irene.«

»Ich kenne dein Geheimnis.«

»Und was?«

»Ich möchte, daß du etwas weißt.«

»Irene, du bist betrunken.«

»Du altes Miststück!«

»Ja?« sagte Todd gelangweilt – und hängte ein. Er legte den Hörer auf die Gabel und hörte auf das Klingeln – seine maschinenhafte Beharrlichkeit. Und dann sein Schweigen. Er fühlte nichts weiter . . . Nun ja, danach können die Dinge vermutlich nur besser werden. Ich wünschte mir, Todd würde sein schwarzes Kästchen ausgraben, so daß ich einen Blick auf diese Irene werfen könnte. Aber das tat er natürlich nicht. Pech.

Vielleicht wird die Liebe wie das Autofahren sein.

»Du, Opa! Deine Tage als Autofahrer sind vorüber.« So sprach der Autoschlosser in seinem ölverschmierten Arbeitsanzug. So redete der Krankenpfleger in seinem gestärkten weißen Kittel. Aber sie hatten unrecht. Im Gegenteil, unsere Tage als Autofahrer haben erst begonnen. Todd sehnt sich wohl nach dem alten Haus drüben in Wellport, denn die meisten unserer Fahrten enden dort. Er hat einen Schlüssel behalten. Wir treten ein und gehen von Zimmer zu Zimmer. Sie sind jetzt völlig leer. Er mißt etwas aus. Dieses Ausmessen geschieht mit Liebe. Erst vor kurzem haben wir damit angefangen, uns andere Eigenheime in der Gegend von Wellport anzusehen. Keines davon ist es wert, ausgemessen zu werden wie unser altes Heim. Langsam rollt er die Schnellstraße 6 zurück.

Wir finden auf einmal Liebesbriefe, im Müll, Briefe von Irene. Er überfliegt sie mit schräggehaltenem Kopf und stopft sie irgendwo in eine Schublade. Vielleicht wird die Liebe wie das Autofahren sein. Wenn die Leute sich bewegen, wenn sie reisen, blicken sie in die Richtung, aus der sie kommen, nicht dorthin, wohin sie gehen. Verhalten sich menschliche Wesen stets so? Dann wird die Liebe wie das Autofahren sein, was offenbar nicht unmittelbar einleuchtet. Man hat beispielsweise fünf Rückwärtsgänge und nur einen Vorwärtsgang, der mit »R« gekennzeichnet ist, für rückwärts. Wenn wir fahren, sehen wir nicht dorthin, wohin wir fahren. Wir sehen dorthin, woher wir kommen. Sicherlich gibt es Unfälle, und doch löst sich alles in Wohlgefallen auf. Die Stadt strömt dahin in dieser Symphonie des Vertrauens.

Meine Karriere . . . ich möchte nicht darüber reden. Sie möchten nichts darüber hören. Eines Abends stieg ich aus dem Bett und fuhr – ziemlich schlecht gelaunt – zu einem Büro. Dort gab ich dann für alle meine neuen Kollegen eine Party. Um sechs Uhr ging ich in das Zimmer mit meinem Namensschild auf dem Tisch, zog einen weißen Kittel über und machte mich an die Arbeit. Was für eine Arbeit? Ich doktere!

Während das Leben so an Geschwindigkeit gewinnt, bewege ich mich unter den Menschen der Stadt, im städtischen Rahmen, dem Metall und Mörtel der Stadt, unter den heftigeren Wechselwirkungen, die mehr Mumm und Biß in sich haben. Die Stadt – und es gibt größere Städte als diese hier (wie New York, wo das Wetter, wie ich erfahre, weiterhin mild ist) –, die Stadt tut den dort lebenden Menschen Dinge an. Tut die meisten Dinge vielleicht den Menschen an, die *nicht* in der Stadt sein sollten. Jetzt nicht. Es sind die falschen Menschen am falschen Ort zur falschen Zeit. Irene sollte nicht in der Stadt sein. Todd fühlt sich hier irgendwie zu Hause. Er fährt nicht mehr länger hinaus nach Wellport, aber ich gehe jede Wette ein, daß sie ihm fehlt, unsere Zeit dort, in ihrer Kraftlosigkeit so sicher und moralisch neutral, als er die passive Uniform des Alters getragen hatte. Die Alten sind nicht grausam, oder? Wir suchen nicht bei den Alten, den Gebeugten, nach Grausamkeit. Grausamkeit, die leuchtende Augen und eine rosafarbene Zunge hat . . .

Wir wohnen nicht nur in der Stadt, sondern sogar in der Innenstadt. Und trotz seines neuerworbenen beruflichen Status hat sich Todd inmitten der Unterschicht niedergelassen. Unter, innen – was bedeuten diese Verhältnisse? Jesses, wie kommen die Städte hierher? Man kann lediglich darüber spekulieren, welch ungeheure Anstrengung vonnöten sein wird, sie schließlich zu zerstören (Jahrhunderte entfernt, lange nach meiner Zeit) und das liebliche Land zu erschaffen – das grüne, das gelobte. Aber ich bin schrecklich froh, bei der Ankunft der Stadt nicht dagewesen zu sein. Sie muß einfach ins Leben geschlingert sein. Aus einer betretenen Stille von Staub und Feuchtigkeit einfach ins Leben geschlingert. Meine Arbeitskollegen wohnen lieber kluger- und verständlicherweise, oben auf dem Hügel oder in den östlichen Vorstädten, mit Blick auf den Ozean. Vielleicht jedoch braucht Todd Friendly die Stadt, wo er sich stets unter anderen bewegen kann, wo er niemals Einzelwesen ist.

Wie es um meine Karriere steht? Eines Nachts, vor etwa einem Monat, wachte Todd in einem ungewöhnlich verzweifelten Zustand auf, halbbekleidet, und alles drehte sich auf unerträgliche Weise um ihn herum – als sei das Schlafzimmer an einer allmählich ausrollenden Welle in seinen Eingeweiden verankert, dort, wo sein Geheimnis rumort. Ich dachte: Kein Wunder, daß ich mich gestern so schrecklich gefühlt habe. Denn gestern ist immer schrecklich, wenn Todd dermaßen säuft. Daraufhin stand er abrupt auf und tat etwas . . . Bedeutsames: kokett Bedeutsames. Wir gingen ins Wohnzimmer und ergriffen die Messinguhr, die stets den Sims über unserem Kamin geziert hatte (oh, was für starke Hände er hat!), und wickelten sie leidenschaftlich in das Geschenkpapier, das er im Müll gefunden hatte. Einen Augenblick lang stand Todd da und starrte das Zifferblatt der Uhr an und dann sein Gesicht im Spiegel, mit einem fahlen Lächeln. Das Zimmer drehte sich noch immer um uns. Gegen den Uhrzeigersinn. Wir fuhren sofort mit dem Wagen über die Schnellstraße 6 zur Aufnahme der AMS, oder Associated Medical Services, und beluden eine der Krankenschwestern, die kleine Maureen, mit unserer Uhr.

Die kleine Maureen war aufgeregt, aber sie hielt eine hübsche Ansprache. Die kleine Maureen, deren Gesicht mich so verstörte, blond, sommersprossig, so elend nordisch, der Mund zu groß oder einfach zu auffällig, außen Kraftlosigkeit: Hoffnung und Hoffnungslosigkeit, beides zugleich.

Nun ja, ich kann nicht so tun, als habe mich diese Sache da mit der Doktorei völlig überrascht. Denn schon seit geraumer Zeit füllt sich das kleine Haus jetzt mit medizinischen Geräten, mit ärztlichen Instrumenten. Bücher über Anatomie, aus dem Feuer im Hinterhof geboren. Rezeptblocks. Ein Plastikschädel. Eines Tages holte Todd eine gerahmte Urkunde aus dem Müll, und wir hängten sie an einen Nagel in der Toilettentür. Er ließ den Blick amüsiert über die verschnörkelte Inschrift gleiten – einige Minuten lang. Und natürlich gibt es mir mächtig Auftrieb, wenn so etwas geschieht, denn die Worte ergeben einen klaren Sinn, auch wenn Todd sie stets rückwärts liest.

Ich schwöre bei Apollon, dem Arzt, und Asklepios und Hygienia und Panakeia und allen Göttern und Göttinnen, die ich zu Zeugen anrufe, daß ich diesen Eid und diese Verpflichtung nach bestem Wissen und Können erfüllen werde . . . Ich werde mein Leben und meine Kunst stets lauter und rein bewahren. In welche Häuser ich auch gehe, ich werde es nur zum Wohle der Kranken tun. Ich werde mich jeglicher eigennütziger und verderblicher Handlung enthalten . . .

Todd lachte herzlich darüber . . . Auch über die charakteristische schwarze Tasche, die aus einer Kammer herausgeflogen kam. Innendrin eine Welt des Schmerzes.

Ein kleines Durchgangsstadium des Schmerzes und Dunkelheit auf dem Grund.

Irene ruft Todd jetzt regelmäßig an. Es ist vermutlich gut, daß wir einander so kennenlernen sollen: zunächst. Sie ist ruhig und (gewöhnlich) nüchtern; Todd nimmt diese Anrufe als Teil seiner vielen Pflichten hin und läßt sich dazu resigniert nieder, mit dem Whiskyglas, mit einer geduldigen Perfecto.

Irene sagt, sie sei traurig. Sie sei einsam. Sie fühle sich immer weniger dazu geneigt, Todd die Schuld an ihrem Unglücklich-Sein zu geben. Sie sagt, sie wisse, er sei ein Hurensohn, und sie könne nicht verstehen, warum sie ihn liebe . . .

Das kann ich auch nicht. Aber die Liebe ist etwas Merkwürdiges. Liebe ist merkwürdig. Manchmal denkt Irene – ziemlich leidenschaftslos, das muß man zugeben – über die Möglichkeit des Selbstmords nach. Todd warnt sie, daß solches Gerede sündhaft sei. Persönlich bin ich der Ansicht, daß wir *Selbstmord* als leere Drohung verwerfen können. Ich habe darüber nachgedacht. Selbstmord ist *keine* Lösung, oder? Nicht in dieser Welt. Sobald man einmal hier ist, ist man an Bord, man kann nicht wieder herunter. Man kann nicht heraus.

Sie weint beherrscht. Todd behält seine Ansicht für sich. Es tut ihr leid. Es tut ihm leid. So steht's nun mal.

Ich hoffe, am Ende versöhnt er sich wieder mit ihr.

Den medizinischen Alltag ertrage ich allmählich mit stoischer Gelassenheit. Nicht, daß ich in dieser Angelegenheit etwas zu sagen hätte. Ich gebe hier nicht die Kommandos. Ich habe nicht die Hosen an. Daher halte ich Gelassenheit für meine einzige Hoffnung. Todd und ich sind anscheinend der Arbeit gewachsen, und niemand hat sich soweit beschwert. Uns ist soweit auch die blutigere Arbeit erspart geblieben, die sie hier verrichten – und einiges davon würden Sie einfach nicht für möglich halten. Überraschenderweise ist Todd bekannt und berüchtigt und darüber hinaus berühmt für seine Empfindsamkeit, und man mokiert sich darüber. Ich sage: überraschenderweise, weil ich zufällig weiß, daß Todd *nicht* empfindsam ist. *Ich* bin empfindsam. Ich bin der Empfindsame. O ja, Todd kann damit leben. Er – ehrfurchtslos, distanziert – ist ziemlich unempfindlich gegenüber dem alltäglichen Geschehen hier, den Blikken bei der Nachtwache, dem Gestank verendeten menschlichen Fleisches. Todd kann das alles ertragen – während mich das alles peinigt. Aus meiner Sicht ist die Arbeit ein einziger achtstündiger Panikanfall. Stellen Sie sich vor, wie ich zusammengerollt in ihm liege, kraftlos würge, und wie ich versuche, die Augen abzuwenden . . . Ich nehme es mit der Gewaltfrage auf, dieser äußerst schwierigen Frage. Intellektuell kann ich es gerade noch so hinnehmen, daß Gewalt heilsam ist, daß Gewalt etwas Gutes ist. Aber ich finde nichts in mir, das mit ihrer Häßlichkeit einverstanden wäre. Mir wird klar, ich war schon immer so, sogar in Wellport. Das atemlose Wimmern eines Kindes, vom festen Schlag der väterlichen Hand beruhigt, eine tote Ameise, vom achtlosen Druck einer vorübergehenden Schuhsohle wiederbelebt, ein verletzter Finger, von der Klinge eines Messers geheilt und verschlossen: All das ließ mich zurückzucken und mich abwenden. Aber der Körper, in dem ich lebe und mich bewege, Todds Körper, verspürt nichts.

Wir spezialisieren uns anscheinend auf folgende Gebiete: Papierkram, Gerontologie, Krankheiten des zentralen Nervensystems und das, was man *Diagnosegespräch* nennt. Ich sitze hier in meinem weißen Kittel, mit meinem Hämmerchen zum Prüfen der Reflexe, mit Stimmgabeln, einer kleinen Taschenlampe, Mundspachtel, Klammern, Spritzen. Meine Patienten sind sogar noch älter als ich. Man muß sagen, sie sehen gewöhnlich offen und fröhlich drein, wenn sie hereinkommen. Sie drehen sich um, setzen sich und nicken tapfer. »Gut«, sagt Todd. Daraufhin sagt der Ältere: »Vielen Dank, Herr Doktor!« und reicht das Rezept herüber. Todd nimmt den Papierfetzen und führt sein kleines Kunststückchen mit Federhalter und Block vor.

»Ich werde Ihnen etwas verschreiben«, sagt Todd großzügig. »Dann werden Sie sich besser fühlen.« Was meines Wissens der reinste Blödsinn ist: Jede Sekunde wird Todd jetzt – so aufdringlich, so grausam und nach so kurzer Bekanntschaft – dem armen Kerl den Finger in den Arsch stecken.

»Eher verängstigt«, sagt der Patient und löst den Gürtel.

»Sie sehen mir ganz gesund aus«, sagt Todd. »Für Ihr Alter. Fühlen Sie sich niedergeschlagen?«

Nach dem Geschäft auf der Couch (ein niederträchtiger Handel für uns beide: wie wir alle winseln) macht Todd so Zeugs, wie die Halsschlagader und die Schläfenarterien vor den Ohren abtasten. Dann der Puls. Dann wird das Stethoskop angesetzt, tief auf der Stirn, genau über den Augenhöhlen. »Schließen ~~Sie die~~ Augen«, sagt Todd zum Patienten, der sie natürlich sofort öffnet. »Nehmen Sie meine Hand. Heben Sie den linken Arm. Gut. Entspannen Sie sich einfach eine Weile.« Daraufhin das *Diagnosegespräch*, das wie folgt verläuft:

Todd: »Das könnte womöglich eine Panik hervorrufen.«

Patient: »*Feuer* rufen.«

Todd: »Was täten Sie, wenn Sie in einem Theater säßen und Flammen und Rauch sähen?«

Patient: »Bitte?«

Todd hält inne. »Das ist eine unübliche Antwort. Die übliche Antwort wäre: ›Niemand ist vollkommen, also kritisiere die anderen nicht.‹«

»Man wird das Glas zerbrechen«, sagt der Patient stirnrunzelnd.

»Was bedeutet es, wenn man sagt: ›Wer im Glashaus sitzt, soll nicht mit Steinen werfen‹?«

»Öh, sechsundsiebzig. Sechsundachtzig.«

»Wieviel ist dreiundneunzig minus sieben?«

»1914 bis 1918.«

»Von wann bis wann dauerte der Erste Weltkrieg?«

»In Ordnung«, sagt der Patient und setzt sich aufrecht hin.

»Ich werde Ihnen jetzt einige Fragen stellen.«

»Nein.«

»Probleme beim Einschlafen? Probleme mit der Verdauung?«

»Im Januar werde ich einundachtzig.«

»Und Sie sind . . . wie alt?«

»Ich spüre mich nicht.«

»Nun, wo liegt denn unser Problem?«

Und damit hat es sich. Sie sehen gewiß nicht so munter aus, wenn sie hinausgehen. Sie treten mit weit geöffneten Augen vor mir zurück. Und sind verschwunden. Halten lediglich inne, um diese gruselige Sache da zu tun – leise an der Türe zu pochen. Ich kann zumindest sagen, daß ich diesen alten Knaben nichts wirklich oder dauerhaft Schlimmes zufüge. Anders als fast alle anderen Patienten hier in den AMS gehen sie in kaum schlechterer Verfassung hinaus, als sie hereinkommen. Der soziale Status, dessen sich die Ärzte erfreuen, ist natürlich gewaltig hoch. Wenn man sich als Arzt durch die Gesellschaft bewegt, weißer Kittel, schwarze Tasche, folgen einem die Blicke. Müttern sieht man es am deutlichsten an: Mit ihrer Haltung drücken sie aus, daß man Macht über ihre Kinder hat; als Arzt kann man die Kinder in Ruhe lassen, oder man kann sie den Müttern wegnehmen. Ja, wir schreiten erhobenen Hauptes. Wir Ärzte. Unsere Gegenwart läutert die einen, läßt andere ernst werden. Die unterwürfigen Blicke der übrigen verleihen dem Arzt sein heroisches, strebsames Gehabe, seinen humorlosen Nimbus. Der biologische Soldat. Und wozu? . . . Eins aber hilft mir über alles hinweg, und das ist, abgesehen von dem regelmäßigen Plausch mit Irene, daß Todd und ich uns dieser Tage so verdammt gut fühlen: körperlich gesehen. Ich kann einfach nicht verstehen, warum sich Todd nicht dankbarer für die Verbesserungen zeigt. Wenn ich daran zurückdenke, wie es draußen in Wellport war, Mensch, wir konnten zwar noch immer gehen, aber nur so gerade eben. Es kostete uns fünfundzwanzig Minuten, das Zimmer zu durchqueren. Wir können uns jetzt vorbeugen, ohne groß zu jammern, kaum daß es in den Knien knackt. Wir laufen die Treppen hinauf und hinab – he, wo brennt's denn? Gelegentlich erhalten wir aus dem

Müll einzelne Teile unseres Körpers zurück. Einen Zahn, einen Nagel. Zusätzliches Haar. Das anstrengende Lavieren mit der eigenen geistigen Verwirrung und dem schwachen Brechreiz – ich hatte das für eine existentielle Bürde gehalten – stellte sich als vorübergehender Zustand heraus. Und manchmal, und manchmal zumindest für Minuten (besonders, wenn man sich hinlegt), gibt es keinen Schmerz.

Todd nimmt die Verbesserungen nicht wahr. Na ja, wenn doch, dann nur so obenhin. Im ganzen gesehen. Aber da ist noch was. Sie wissen von dieser leidigen Sache, womit wir draußen in Wellport so mechanisch begonnen haben, diese sexuelle Sache mit uns selbst. Todd arbeitet jetzt weit heftiger daran. Vielleicht, um seine wachsende Lebenskraft zu feiern – oder als eine Art Training. Ist auch egal, mir ist keineswegs klar, ob wir irgendwelche Fortschritte erzielen . . . Todd? Ich weiß nicht. Wie sehen Sie das? Finden Sie das irgendwie gut? Nun, aus meiner Sicht ist's noch immer ein totaler Flop.

Seine Träume sind voller Gestalten, die sich im Wind wie Blätter zerstreuen, erfüllt von Seelen, die Konstellationen bilden wie die Sterne, deren Anblick ich so hasse. Todd diskutiert lang und breit, und er sagt die Wahrheit, aber die unsichtbaren Menschen, die ihn hören und beurteilen mögen, weigern sich zum Glück, ihm zu glauben, und sie wenden sich ab, schweigend, erschöpft und angeekelt. Oftmals wird er, resignierend, von säuerlichen Ratsherren, von Bürgermeistern, die so fett sind, daß es weh tut, oder von ausgenutzten Gepäckträgern verstümmelt. Manchmal glüht er vor gewaltiger Macht, die aus ihm herausströmt und alles auflöst und klärt: eine Macht, verliehen von der Schutzmacht, dem Schöpfer, der über seinen Schlaf herrscht.

Die Luden und die Huren . . .

Ich zerbreche mir den Kopf über die örtliche Ökonomie, den Handel, die kleinmütigen Arrangements der Ausgeschlossenen, die abweisende Stadt. Und dazu habe ich eine Menge Gelegenheit – mir den Kopf zu zerbrechen, meine ich. Ich zerbreche mir häufig den Kopf, ob man die Wahrheit erkennen kann. Ich habe mich tatsächlich zu dem Schluß durchringen müssen, daß ich im allgemeinen nur langsam begreife. Vielleicht sogar langsamer bin als üblich oder leicht autistisch. Es mag sehr wohl sein, daß ich sie nicht mehr alle habe. Die Teile wollen sich nicht zusammenfügen; die Welt will einfach keinen Sinn ergeben. Sicherlich trifft es zu, daß ich auf diese Weise bei Todd Fahrgast bin, aber er soll nichts von meiner Anwesenheit wissen. Und ich bin einsam – Todd Friendly, der stämmige, sanftmütige Todd Friendly, bewegt sich frei in der Halbwelt der Stadt, in den Obdachlosenasylen, den Rehabilitationszentren, den billigen Pensionen. Er ist keiner der überengagierten Wuselköpfe oder Hansdampfs in allen Gassen, die aus drängenden persönlichen Motiven heraus diese mysteriösen Institutionen irgendwie überwachen müssen, wo *Mißbrauch* das Schlagwort ist. Er kommt und er geht. Er schlägt vor, beauftragt und empfiehlt. Er ist einer der Zwischenträger des Elends. Denn das Leben hier, das sind die Junkies, die Nutten, die Alleinerziehenden, diejenigen ohne festen Wohnsitz.

Nutten haben ein Faible für ältere Männer. Tatsache. Man erlebt nur selten, daß sie sich mit einem Kerl ihres Alters abgeben. Vorsichtig gehen die Freier rückwärts in die gewissen Räumlichkeiten, die kurzfristig zu mietenden Appartements von Herrera, ein Gebäude, das in seiner eigenen Sorte von Feuchtigkeit und Bedrohung schwelgt. Ein Liebesakt, für den der Freier oder die

Nummer, wie er genannt wird, aus irgendwelchen Gründen rasch belohnt werden wird. Anschließend spaziert das zärtliche Pärchen zurück auf die Straße und trennt sich. Die Männer verdrücken sich, sie sehen so aus, als schämten sie sich (weil sie es für Geld tun). Die Nutte jedoch wird begierig dableiben, auf dem Bürgersteig, im Body oder in heißen Höschen, und sie schlägt die Zeit bis zu ihrer nächsten Nummer tot. Oder einer Autofahrt ins Nirgendwo mit den obendrein auch noch alten Langweilern, die in ihren drolligen alten Kisten herumkutschieren. Er ist ein älterer Einwohner der Stadt, also lenken die Mädels stets ihre Schritte zu ihm hin. Todd jedoch ist nicht wegen des Sex oder des Zasters hier. Im Gegenteil. *Er* blecht (symbolische Summen, ein paar Dollar) und behält unausweichlich die Hosen oben (er zieht das noch nicht einmal in Betracht; sie sind eine andere Welt). Im Grunde sieht es so aus, als beschaffe sich Todd hier Stoff. Nicht für den persönlichen Gebrauch: Das Tetracyclin, das Methadon – alles findet seinen Weg zurück in die Apotheke der AMS. Dann müssen auch körperliche Verletzungen in Angriff genommen werden, in den Wohnungen von Herrera, mit ihren gewendeten Laken, ihren verdreckten Bidets.

Die Penner in den Obdachlosenheimen essen alle das gleiche. Anders als in einem Restaurant oder in der Kantine der AMS. Es ist nicht gut, denke ich, wenn alle das gleiche essen. Ich weiß, niemand von uns hat die Wahl, was er essen will; es liegt alles an der Drainage, und einige Systeme sind offenbar besser als andere. Aber ich bekomme ein komisches Gefühl im Magen, wenn ich sie dabei beobachte, wie sie alles herauslöffeln und sich die Teller, zwanzig oder dreißig, alle mit dem gleichen Zeugs füllen . . . Die Frauen in den Frauenhäusern, den ›Krisenzentren‹, verbergen sich vor ihren

Erlösern. Die ›Krisenzentren‹ werden nicht umsonst Krisenzentren genannt. Wenn man eine Krise haben will, meldet man sich einfach an. Die Striemen, die Hautabschürfungen und die blauen Augen treten stärker hervor, verfärben sich stärker, bis es Zeit für die Frauen ist, in einer Ekstase der Qual zu ihren Männern zurückzukehren, die sie jäh heilen werden. Bei einigen ist eine besondere Behandlung erforderlich. Sie stolpern davon und gehen umher und legen sich in einen Park oder einen Keller oder wohin auch immer, bis Männer vorüberkommen und sie vergewaltigen, und dann sind sie wieder in Ordnung. ›Ach, Scheiße‹, sagt Brad, der widerliche Krankenpfleger, ›ihnen fehlt nichts‹ – womit er die Frauen im Frauenhaus meint –, ›was nicht gut fünfzehn Zentimeter heilen könnten.‹ Todd sieht ihn scharf an und runzelt die Stirn. Ich hasse Brad gleichfalls, und ich hasse es, dies sagen zu müssen, aber manchmal hat er völlig recht. Wie kann die Welt es so einrichten, daß so jemand wie Brad jemals recht haben kann?

Ich bin mit Todd nicht in allen Dingen einer Meinung. Weit entfernt davon. Zum Beispiel hat Todd die Luden ziemlich auf dem Kieker. Die Luden – diese herausragenden Individuen, die darüber hinaus mit ihren exotisch geschnittenen Anzügen und auffällig lakkierten Autos so frische Farbtupfer in die städtische Szenerie bringen.

Wo stünden die armen Mädels ohne ihre Luden, die sie mit Geld überschütten und keinerlei Gegenleistung fordern? Nicht wie Todd und seine milden Gaben.

Er geht lediglich umher, um ihnen Salz in die Wunden zu reiben. Und verschwindet rasch, ehe der langmütige Lude auftaucht und das Mädel mit seinen von Juwelen strotzenden Fäusten wieder in Form schlägt. Während er zugange ist, hört das Baby in der Wiege neben dem Bett auf zu weinen und schläft engelsüß, sicher in der Gewißheit, daß der Lude gekommen ist.

Irene ruft noch immer regelmäßig an, aber ich darf mir nicht zuviel Hoffnungen machen. Ich hätte angenommen, daß sie allmählich einmal bei uns aufkreuzte. Sie hat's nicht getan. Voller Rachsucht hat sie sich wieder gegen uns gewandt. Warum, weiß ich nicht. Wegen etwas, das wir gesagt haben?

Doch ist es jetzt ein wenig ermutigend, wenn Todd eine Frau auf der Straße ansieht. Denn einmal wenigstens richtet er den Blick dorthin, wo ich ihn hinhaben will. Unsere Ansprüche und Vorlieben sind mitnichten völlig übereinstimmend, überlappen sich jedoch zumindest. Wir mögen dieselbe Art von Frauen – die fraulichen. Todd sieht zuerst ins Gesicht; dann auf die Brüste; dann auf den Unterleib. Wenn es ein Blick von hinten ist, verfährt er so: Haar; Taille; Hüfte. Offensichtlich ist keiner von uns beiden ein Mann mit einer Vorliebe für Beine, aber ich könnte durchaus etwas mehr als das vertragen, was ich bekomme. Ich ärgere mich gleichzeitig über die Zeit, die sich Todd für jede Partie nimmt. Mit dem Gesicht ist er zu rasch fertig. Ein einziger Rutsch mit dem Blick nach unten. Wohingegen ich lieber müßig umherstreife. Vielleicht verbietet das die Etikette. Dennoch bin ich noch immer ein wenig ermutigt. Ich empfinde kaum noch etwas von jener Höhenangst, wenn ich versuche, Dinge zu sehen, die er nicht sieht.

Angeregt vielleicht von der Feldarbeit, die wir erledigen, sind unsere einsamen Sex-Sitzungen seit kurzem auf kaum wiederzuerkennende Weise lebhafter geworden. Die fehlende Komponente, die besondere Essenz, finden wir natürlich in der Toilette. Oder im Müll.

Wo stünden Todd und ich ohne die Toilette? Wo wären wir ohne all den Müll?

Mütter bringen Todd ihre Babys in der Nacht. Todd mißbilligt das, ist jedoch für gewöhnlich ziemlich mitfühlend. Die Mütter bezahlen ihn mit Antibiotika, anscheinend oftmals Ursache für die Schmerzen der Babys. Grausam muß man sein, damit man freundlich ist. Wenn sie uns verlassen, geht es den Babys gewöhnlich nicht besser, auf dem Weg zur Tür veranstalten sie beharrlich einen Höllenlärm. Und die Mamis drehen völlig durch: Sie gehen *heulend* von hier weg. Das ist verständlich. Ich verstehe es. Ich weiß, wie die Menschen verschwinden. Wohin verschwinden sie? Stellen Sie keine solchen Fragen. Fragen Sie niemals nach. Es geht Sie nichts an. Die kleinen Kinder auf der Straße, sie werden kleiner und kleiner. Ab einem gewissen Zeitpunkt hält man es für nötig, ihre Bewegungsfreiheit mittels eines Kinderwagens zu beschränken, später mit einem Tragesitz. Oder sie werden in den Armen gehalten und sanft beruhigt – natürlich sind sie traurig, daß sie gehen müssen. In den allerletzten Monaten weinen sie mehr denn je. Und sie lächeln nicht mehr. Die Mütter eilen daraufhin ins Krankenhaus. Wohin sonst? Zwei Menschen gehen in jenen Saal, jenen Saal mit den Geburtszangen, den besudelten Lätzchen. Zwei gehen hinein. Aber nur einer kommt heraus. Oh, die armen Mütter, man sieht genau, wie sie sich während des langen Abschieds fühlen, des langen Abschieds von den Babys.

Und es wurde auch Zeit.

Jetzt, da es endlich angefangen hat, empfinde ich meine Haltung als die einer äußersten Empörung. Warum hat Todd mein Leben so vergeudet? Über Nacht hat sich die Welt aufgetan und ihre Tiefe und Farbe offenbart. Und das Selbst hat sich gleichfalls geöffnet. Nicht mehr länger sind wir nur Oberfläche, sondern haben Volumen, wie die Tiefsee, mit unserer wogenden Flora, unseren deformierten Fischen. Mir wird klar, daß ein jeder so ist: berührbar – nein, angreifbar –, verwundbar. Wir können uns nirgendwo verbergen.

Die Liebe traf mich nicht völlig unvorbereitet – ich war vorgewarnt. Die Liebe wurde von einem ganzen Bündel Liebesbriefe angekündigt. Aber es waren keine Liebesbriefe von Irene. Es waren Liebesbriefe *an* Irene. Geschrieben von Todd. In seiner vierschrötigen und unveränderlichen Handschrift. Natürlich kamen sie aus dem Müll, aus den Eingeweiden einer 50-Liter-Mülltonne. Todd setzte sich ins Wohnzimmer, das rotbebänderte Bündel auf dem Schoß. Er hatte auch sein schwarzes Kästchen hervorgeholt. Nach einer Pause zog er einen beliebigen Brief mitten aus dem Stapel; er starrte ihn ziellos an. Ich holte heraus, was herauszuholen war:

Meine liebe Irene,

erneut vielen Dank für die Kissen. Mir gefallen sie *wirklich.* Sie bringen Licht ins Zimmer, ebenso machen sie es ›gemütlich‹ . . . ziemlich ruiniert. Wenn man Rühreier macht, läßt man den Topf besser in kaltem Wasser stehen, nicht in heißem . . . Du mußt Dir wegen dieser Sache mit Deinen Venen nicht allzusehr Sorgen machen, das ist oberflächlich. Es gibt keine Pigmentierung und kein Ödem. Denke stets daran, daß ich Dich so mag, wie Du bist . . . Dich am Dienstag zu sehen, darauf freue ich mich mit der gewöhnlichen Ungeduld, aber Freitagabend wäre günstiger . . .

Mit leerem Gesicht wandte sich Todd seinem Kästchen zu. Das Foto, das er haben wollte, war völlig zerrissen und zerknittert, aber er reparierte es rasch mit einem Druck seiner Faust . . . Klasse, dachte ich. Also sie ist diejenige, welche. Kein junges Küken. Und eine wirklich *voluminöse* alte Tante. Lächelnd, in einem gelbbraunen Hosenanzug. Als er an jenem Abend zur Arbeit ging, ließ Todd die Briefe auf den vorderen Stufen liegen, verschlossen in einem weißen Schuhkarton, auf den jemand – vermutlich Irene – die Worte ›Zum *Teufel* mit *Dir*‹ gekritzelt hatte. Das schien kein sehr gutes Zeichen. Andererseits jedoch war Todds Brief in meinen Augen auch nicht sehr vielversprechend.

Zwei Nächte später wachte er nach Mitternacht auf und lag zitternd da. ›Kcütstsim‹, grunzte er. Todd hatte das erst vor kurzen getan – gegrunzt: Kcütstsim. Kcütstsim. Ich hatte es für ein Husten gehalten oder für einen halbunterdrückten Rülpser oder lediglich für einen witzlosen neuen Einfall. Dann habe ich begriffen, was der Kerl gesagt hat. Er stieg aus dem Bett und öffnete das Fenster. Und es begann. In Wogen, in subtilen Schwaden, füllte sich das Zimmer allmählich mit der Wärme und den Besonderheiten eines anderen Wesens. Äußerst bemerkenswert und überraschend: Zigarettenqualm! – wogegen Todd eine Menge tat, trotz seiner regelmäßigen Perfectos. Etwas Pastenähnliches und Süßliches, auch etwas Ältliches. Dies waren die Gerüche, die sie über die Stadt hinaussandte . . . Ohne Eile schlüpfte Todd aus seinem Pyjama und zog den Morgenmantel an. Daraufhin brachte er lässig das Bett in Unordnung. Na ja, trotzdem bereitete er für sie die Zigaretten vor, füllte einen Aschenbecher mit einigen Stummeln und viel Asche. Wir schlossen das Fenster, gingen hinab und warteten.

Es zeugte von guten Manieren – und war, wage ich mir vorzustellen, ziemlich romantisch von Todd –, so hinauszugehen und in Hausschuhen auf dem nassen Bürgersteig zu stehen. Obwohl – seine Gefühlslage zeigte in diesem Stadium, wenn überhaupt etwas, dann Erschöpfung und Ernüchterung, wie ich zugeben muß. Sehr bald hörten wir ihren Wagen heranschlittern, und wir sahen die beiden roten Lichter am Ende der Straße. Sie parkte, öffnete knallend die Wagentür und drückte sich heraus. Ich war leicht verdutzt, als sie *vorwärts* über die Straße ging und dabei den Kopf verneinend oder traurig schüttelte. Eine wirklich voluminöse alte Tante, die Irene. Schon wahr.

»Todd?« sagte sie. »Das wär's gewesen. Bist zu jetzt glücklich?«

Glücklich oder nicht, Todd ging ihr durch die Vordertür voran. Sie schälte sich aus dem Mantel, während Todd hinaufging, und sie stolperte hinter ihm her. Ich war entmutigt, gebe ich zu. Ich war verletzt. Weil dies das erste Mal für mich war. Nennen Sie mich einen Dummkopf, nennen Sie mich einen Träumer – ich hoffte, alles wäre wunderbar. Aber nein. Ich mußte sie an einem wirklich schlechten Tag erwischen. Sie war auch nicht das, was sie sein wollte. Oh, könnten wir mit dieser Sache nicht ins reine kommen? Todd und ich kletterten in das zerwühlte Bettzeug zurück, als Irene das Zimmer betrat, ein Papier fest in Händen, das sie hochhielt, und uns dabei einen Haufen Scheiße nannte.

Daraufhin fing sie an, sich auszuziehen. Frauen!

»Irene«, redete ihr Todd gut zu. »Irene. Irene.«

Sie entkleidete sich rasch, als ginge es um die Wurst; aber die Geschwindigkeit ihrer Bewegungen hatte nichts mit Verlangen zu tun. Auch purzelten ihr die Worte nur so aus dem Mund, und sie weinte, und sie schüttelte den Kopf. Eine voluminöse alte Tante in einem großen, weißen Pullover, mit großen, weißen Hosen. Ihre Brüste formten ein Kar unter ihrem Kinn und wurden, akkurat dreieckig und aerodynamisch, von einer Art Landser-Rucksack mit Trossen und Winden aufrechtgehalten. Herunter mit der Schale ihres Korsetts. Dann schlenderte dieser große, weiße Hintern auf mich zu. Und ich hatte ihre *Kleider* für weiß gehalten. Was sagte sie da, die Irene, worauf wollte sie hinaus, mit Worten, halb unterdrückt, halb verschluckt – mit Keuchen und Flüstern? Zusammengefaßt folgendes: Daß Männer entweder zu langweilig oder zu überdreht seien, mit nichts dazwischen. Zu stumpf oder zu smart. Zu unschuldig, zu schuldig.

»Ein schlechter Witz«, sagte Todd, als sie sich umdrehte und auf uns herabblickte. »Du weißt, daß ich das nicht so gemeint habe.«

Irene *schien* sich erweichen zu lassen. Sie ließ sich neben mir nieder, in ihrer unhandlichen Fülle, und ich griff mit der Hand nach dem weichen Fleisch ihrer Schulter. Erstaunliche Nähe. Niemals, niemals zuvor . . . Sie war angespannt und verkniffen (wie ich); aber Haut ist weich. Berühre sie. Das bringt's. Die Berührung bringt's.

»Großartig«, sagte Todd. »Dann hau verdammt noch mal hier ab!«

Diese Worte, und das freut mich zu sagen, wirkten entspannend auf sie. Aber ihre Stimme hörte sich noch immer erschrocken an, als sie sagte: »Ich verspreche es.«

»Du versprichst es?«

»Niemals«, sagte sie.

»Wirklich?«

»Aber ich würd's niemals sagen.«

»Oh, was für ein Unsinn!« sagte Todd. »Außerdem, wer würde dir schon glauben. Du weißt einfach nicht genug.«

»Manchmal glaube ich, das ist der einzige Grund, weshalb du mit dem hier weitermachst. Du hast Schiß, daß ich was sagen würde.«

Stille. Irene rückte sogar noch etwas näher heran, als das Gespräch eine andere Wendung nahm.

»Leben«, sagte Todd.

»Was?« fragte Irene.

»Jesses, wen interessiert's! Ist doch sowieso alles Scheißdreck.«

»Warum? Ich zähle wohl einfach nicht, was?«

»Darüber redet man niemals.«

»Warst du zu deiner Frau und deinem Kind auch so nett?«

»Darüber wollen wir lieber nichts wissen, Irene, oder?«

»Außer um die deiner Freunde. Und deiner Familie. Deiner Lieben.«

»Man ist nicht verpflichtet, sich um die Gesundheit von jemandem Sorgen zu machen.«

»Auch tödlich«, sagte Irene.

»Muß das sein? Eine ekelhafte Angewohnheit.«

Todd begann zu husten und wedelte mit der fülligen rechten Hand in der Luft herum. Nach einer Weile drückte Irene ihre Zigarette im Feuerzeug aus und steckte sie zurück in die Packung. Sie wandte sich bedeutungsvoll uns zu. Es folgten etwa zehn Minuten von dem, was Sie wohl das Vorspiel nennen würden. Kuscheln, grunzen, seufzen – so was in der Art. Dann bewegte er sich und lag über ihr. Und als sie die Schenkel öffnete, da durchfluteten mich Gedanken und Gefühle, die ich noch nie zuvor gehabt hatte. Hatte was mit Macht zu tun.

»O Baby!« sagte sie und küßte mir die Wange. »Das macht doch nichts.«

»Tut mir leid«, sagte Todd. »Tut mir leid.«

Nun ja, sie brachten's auf jeden Fall hinter sich. Danach war's sehr viel einfacher. Ja, die Atmosphäre war hervorragend, als wir uns anzogen und hinabgingen, um etwas zu essen. Wir saßen in der Eßecke, Seite an Seite, entwirrten beide Meter um Meter von bleichen Nudeln. Dann – ein weiteres erstes Mal – ab ins Kino, wenn ich bitten darf. Und Arm in Arm. Ich kam mir vor, als bewegte ich mich auf Zehenspitzen durch ein fremdes Land, mit der Frau, die ich berühren durfte – alles durfte ich tun, was ich wollte, zumindest alles, wozu ich in der Lage war. Wo liegt die Grenze? Während wir dahingingen, heulte eine Sirene, wie Wolfsgeheul von einer zerkratzten Schallplatte . . . Mit dem Kino ging's auch gut. Zunächst war ich besorgt, als Irene wieder zu weinen begann, noch ehe wir unsere Plätze eingenommen hatten. Und vermutlich war der Film ganz schön deprimierend. Es ging um die Liebe. Das Pärchen auf der Leinwand, ruhig strahlend in Schönheit und Heiterkeit – sie schienen füreinander gemacht; nach verschiedenen Mißverständnissen und Abenteuern ging jedoch jeder seiner Wege. Währenddessen gluckste Irene ständig zufrieden, wenn sie sich nicht gerade totlachte. Jedermann lachte. Nur Todd nicht. Nicht Todd. Um fair zu bleiben, ich hielt den Film auch nicht für komisch. Zuletzt saßen wir in einer Bar in der Nähe des Filmtheaters. Sie hatte einen Stingers. Todd hockte über seinen Bierkrügen. Und obgleich Todd in scheußlicher Stimmung nach Hause ging (er war nicht besonders auf der Höhe), war unser Abschied von Irene gekennzeichnet von Herzlichkeit und Wärme. Ich weiß, ich werde sie noch viel, viel häufiger zu Gesicht bekommen. Obendrein machten wir auch noch 28 Dollar Gewinn. Macht 31 Dollar mit dem Popcorn. Hört sich nicht viel an, aber heutzutage muß man sich vorsehen, wo alles immer billiger wird und Todd die ganze Zeit über grimmig sein Geld zählt.

Ich, ich stecke bis über beide Ohren drin. Ich weiß nicht, ob ich Männlein oder Weiblein bin. Die Vergebung in ihren jungen blauen Augen, die so schrecklich verlegen aus dem alten runzligen Gesicht herauslugen, so geschwollen, so abgehärmt, so ausgetrocknet. Mmm – Menschen! Mir kommt's so vor, als erfordere es eine Menge Mut oder eine Menge sonst was, in die anderen hineinzugelangen, in andere Menschen. Alle denken wir, daß die anderen in Festungen leben, in einer Feste: hinter Gräben, hinter nackten Mauern, gespickt mit Widerhaken und Glasscherben. In Wirklichkeit jedoch bewohnen wir weit armseligere Gebäude. Am Ende stellt sich heraus, daß wir alle in Bruchbuden wohnen. Oder noch nicht mal das. Man kann einfach den Kopf durch den Zelteingang stecken und hineinkriechen. Wenn man die Zustimmung dazu erhält.

Also ist vielleicht eine Flucht möglich. Eine Flucht aus der – aus der unergründbaren Monade. Was ihre Reise in ihn hinein betrifft, na ja, so ist das viel brutaler. Sie erzählt uns etwas über uns selbst. Wieviel jedoch weiß sie wirklich? Todd nimmt es gelassen, natürlich, wie stets. Noch immer weiß ich nicht, ob er jemals mit etwas herausrücken wird.

Vermutlich ist's ziemlich aufregend – die Nachricht von meiner Frau und meinem Kind. Die Frau und das Kind, die Todd und ich eines Tages haben werden. Babys machen mir jedoch angst.

Natürlich wissen wir, daß Babys Angst und Besorgnis hervorrufen. Es sind sehr beängstigende kleine Wesen.

Wohin gehen sie, die kleinen Wesen, die verschwinden: die sich in Luft aufgelöst haben? Ich habe das hartnäckige Gefühl, daß ich sie bald in Todds Träumen zu sehen bekommen werde.

Etwa alle sechs oder sieben Tage, wenn wir uns am Morgen darauf vorbereiten, in die Falle zu gehen, und uns dumpf und routiniert beschmutzen und in Unordnung bringen (wir entglätten jede Augenbraue, indem wir mit dem Finger gegen den Strich streichen), fühlen Todd und ich, daß jener Traum darauf wartet, geträumt zu werden, daß er seine Energien von irgendwoher auf der anderen Seite sammelt. Wir sind fatalistisch. Wir liegen dort, und die Lampe brennt, während die Morgendämmerung schwindet. Warme Schweißtropfen bilden sich und glänzen und verdampfen augenblicklich. Dann klettert unser Pulsschlag stetig in die Höhe, bis wir wegen des vielen frischen Bluts in den Ohren schlucken müssen. Jetzt wissen wir nicht, wer wir sind. Ich muß mich auf den Augenblick vorbereiten, da Todd seinen jähen Satz nach dem Lichtschalter macht. Und dann in der Dunkelheit, mit einem Laut, bei dem sich seine Kinnlade fest verkrampft – dann sind wir mittendrin. Die riesige Gestalt mit dem weißen Kittel, den schwarzen Stiefeln. Zwischen den gespreizten Beinen erstrecken sich viele Hektar. Irgendwo dort unten die Schlange von Seelen. Ich wünschte, ich hätte Kraft, nur genügend Kraft, die Augen abzuwenden. Bitte, zeig mir nicht die Babys . . . Woher rührt dieser Traum? Er hat's noch nicht getan. Also muß der Traum davon handeln, was Todd schließlich tun wird.

Da draußen gibt's etwas, das *Mode* genannt wird. Mode ist etwas für die flatterhafte Jugend, aber Todd und ich beschäftigen uns gelegentlich aus Liebhaberei damit. Vor noch gar nicht langer Zeit zum Beispiel gingen wir in einen Second-hand-Laden und nahmen zwei Hosen mit Schlag mit. Ich wollte sie gleich hier anprobieren, er jedoch ließ sie monatelang im Schrank oben hängen, so daß sie zerknitterten und sich ausbeulten und sich schließlich seiner Gestalt anpaßten, der besonderen Form seines Schenkelknochens. Eines Abends schlüpfte er dann ganz unzeremoniell hinein. Später, nach der Arbeit, bekam ich einen ganz guten Blick auf unsere neuen Hosen, während Todd vor dem großen Spiegel stand und den dicken Windsor-Knoten seiner Krawatte löste. Na ja, sie waren nicht wirklich scheußlich, Todds Hosen mit dem Schlag, nichts von dem Glockenrock-Effekt, den wir bald auf den Straßen zu sehen bekamen. Trotzdem fand ich sie ziemlich widerlich: Ästhetisch taten sie mir Gewalt an. Dieser bedeutende Einwohner, dieser alte Arzt – und seine schlabbernden Waden. Wohin sind seine *Füße* verschwunden, um Gottes willen? Daraufhin wußte ich, daß Todds Grausamkeit, sein Geheimnis, wohl etwas mit einem Kardinalfehler des menschlichen Körpers zu tun hatte. Oder ich hatte womöglich auch nur gerade etwas entdeckt, das etwas mit der Art und Weise oder der *Methode* seiner Grausamkeit zu tun hatte. Todds Grausamkeit wäre kitschig, beschissen, auf Abwege geraten, verkehrtherum: weitausgestellt . . . Doch die Hosen wurden populär, und jetzt stecken alle da drin. Sie bewegen sich wie Jachten die Straßen hinunter: Seeleute auf dem Trockenen. Als nächstes sieht man, wie die Rocksäume der Frauen glatt einen Meter emporsausen. Die jähe Offenherzigkeit und Macht der weiblichen Hüfte. Sie rutschen schon wieder nach unten, langsam, aber Jesses!

Vielleicht ist die Grausamkeit des Menschen fest und ewig. Nur die Arten und Weisen ändern sich. Vor wenigen Jahren hätte der Pädophile, der durch ein Einkaufszentrum schlenderte oder an einem ruhigen Tisch in einer Salatbar oder einer Konditorei saß, seine Stelldicheins – seine Generationen übergreifenden Rendezvous – über sein mobiles Telefon koordiniert. Jetzt sieht man keine mobilen Telefone mehr, und Einkaufszentren und Restaurants sind anders geworden, also muß der Pädophile seine Angelegenheiten anders regeln, auf eine andere Art und Weise.

Ein Krieg rückt näher. Bislang nur ein kleiner. Ein paar Mal haben wir in Bars, wenn wir von unserem Budweiser oder unserem Molson aufblickten, die gleiche Filmsequenz gesehen: Der Hubschrauber, der wie eine gelungene Kreuzung aus Schwertfisch und Stachelrochen vom Ozean aufsteigt und grimmig auf dem Deck des Flugzeugträgers niederkauert, bereit zum Kampf.

Man könnte glauben, es sei ganz entspannend, (im Endeffekt) keinen eigenen Willen zu haben und überhaupt keinen Körper, wodurch man ihn ausdrücken könnte. Viele Verwaltungs- und Exekutivangelegenheiten sind mir aus den Händen genommen worden, das ist richtig. Doch dagegen arbeitet stets das Verlangen, sich selbst voranzubringen, seine Stelle als die wertvolle Ausnahme einzunehmen. Nicht einfach alles so weiterlaufen lassen. Niemals einfach alles so weiterlaufen lassen. Klein mag nicht schön sein. Aber groß ist verrückt.

Ich möchte nicht zu blauäugig klingen – und, stimmt schon, auf vielen Gebieten bin ich ein echter Einfaltspinsel –, aber ich würde sagen, daß ich Todd bei der Grundfrage der menschlichen *Unterschiede* weit voraus war. Todd hat einen Gefühlsmechanismus, der auf jede bekannte Unterart der Menschen auf ganz bestimmte Weise reagiert. Ruckartig springt er innerlich in gewisse Haltungen und Erwartungen: eine gegenüber den Spaniolen, eine gegenüber den Asiaten, eine gegenüber den Arabern, eine gegenüber den Indianern, eine gegenüber den Schwarzen, eine gegenüber den Juden. Und er hat ein zweitklassiges Repertoire an wachsamer Feindseligkeit gegenüber Luden, Huren, Junkies, Irren, Menschen mit Klumpfüßen, mit Hasenscharten, männlichen Homosexuellen und den sehr Alten. (Nebenbei, hier ist meine Reaktion auf den männlichen Homosexuellen. Sie mag relevant sein. Der männliche Homosexuelle ist in Ordnung – ist im großen und ganzen tatsächlich eine nette Person –, *solange er weiß, daß er homosexuell ist.* Wenn er es ist und es nicht weiß: dann ist da ein einziges Durcheinander. Dann besteht Gefahr. Todds Gefühle gegenüber Männern, gegenüber Frauen, gegenüber Kindern: ein einziges Durcheinander. Dort ist die Gefahr. Verstehen Sie mich nicht falsch. Ich will Todd nichts unterstellen, nichts Bestimmtes. Ich sage lediglich, die Dinge könnten weniger verworren sein und weniger gefährlich, wenn er ganz nüchtern die Idee in Erwägung ziehen könnte, homosexuell zu sein. Das will ich zum Ausdruck bringen.)

Alle diese Unterscheidungen hatte ich lernen müssen. Ursprünglich hegte zumindest ich keine vorurteilsbehafteten Gefühle gegenüber irgend jemandem, weder so noch so (außer gegenüber Ärzten: woher rührt *das* nun wieder?). Wenn ich Menschen begegne, warte ich auf einen Impuls ihres innersten Wesens, der mir Dinge sagt wie – wieviel Furcht, wieviel Haß, wieviel Frieden, wieviel Fähigkeit zu vergeben. Ich bin vermutlich der herzensgute Typus. Stellen Sie sich den Körper, den ich nicht habe, vor dem inneren Auge vor, und erblicken Sie folgendes: einen sentimentalen Fötus mit gläubigem Lächeln.

Bei den AMS ist ein Medizinstudent, ein Japaner, der im Rahmen eines sechsmonatigen Austauschprogramms drüben von Osaka hergekommen ist, zunächst natürlich ganz umgänglich, dann jedoch wird er zunehmend frostiger und zurückhaltender. Er kann sich glücklich schätzen, nicht vor einigen Jahren hiergewesen zu sein, als wir die Japaner wirklich *haßten*. Sein Name ist Mikio, ein lustig aussehender Bursche mit einer geballten Ladung des Anders-Seins: das glänzende Haar, die schmalen Augen und ihre so tief verstehenden Pupillen. Während der Mittagspause in der Kantine der AMS sitzt Mikio über ein Buch gebeugt. Ich habe ihn von weitem beobachtet. Er liest so, wie ich lese – oder läse, wenn ich je die Gelegenheit dazu erhielte. Er wendet die Seiten von rechts nach links. Er fängt am Anfang an und hört am Ende auf. Das ergibt für mich einen eigentümlichen Sinn – aber Mikio und ich sind hier definitiv in der Minderheit. Und wie könnten wir beide recht haben? Dann hätten so viele andere unrecht. Das Wasser fließt aufwärts. Es sucht die höchste Ebene. Was haben Sie erwartet? Rauch fällt. Die Dinge werden aus der Kraft des Feuers erschaffen. Aber das stimmt schon: Die Schwerkraft nagelt uns noch immer auf dem Planeten fest.

Viele Mitarbeiter – Todd eingeschlossen – ziehen ihn wegen allem und jedem auf, aber Mikio hat die Freiheit, auf seine eigene Weise zu lesen. Wie ich beobachtet habe, lesen achtsame Juden ebenfalls so. Die Menschen sind also frei, sie sind dann also im allgemeinen frei, oder etwa nicht? Na ja, sie *sehen* nicht frei *aus*. Sie trippeln, sie stolpern, sie reden mit krächzenden oder erstickten Stimmen, sie tappen rückwärts über Straßen, die ganz offensichtlich bereits überquert, bereits entworfen worden sind. Oh, der angewiderte Gesichtsausdruck von Frauen, wenn sie rückwärts durch eine Tür gehen, hinaus aus dem Regen. Niemals achten sie darauf, wohin sie gehen, die Menschen bewegen sich durch etwas bereits Hingestelltes, bewaffnet mit Lügen. Stets freuen sie sich darauf, irgendwohin zu gehen, von woher sie gerade gekommen sind, oder sie bedauern es, Dinge getan zu haben, die sie noch nicht getan haben. Sie sagen ›Guten Tag‹, wenn sie meinen ›Auf Wiedersehen‹. Herren der Lüge und des Mülls – alles Könige der Scheiße und des Abfalls. Schilder sagen: ›Müll abladen verboten!‹ – aber an wen richten sie sich? So was würde uns doch nicht im Traum einfallen. Die Regierung tut es, des Nachts, mit Lastwagen; oder uniformierte Männer kommen traurig am Morgen mit ihren Karren und verstreuen unseren Abfall und Scheiße für die Hunde.

Ich will ja nicht mit diesem Thema langweilen, aber ich muß einfach sagen, daß Todd und ich uns, körperlich gesehen, jetzt absolut großartig fühlen. Das körperliche Leben ist nicht ohne seine kleineren Erniedrigungen. Noch immer nehmen wir es an jedem Morgen durch den Arsch auf, wie alle anderen auch – aber das Ganze ist heutzutage um ein Drittel rascher erledigt. Todd, ich gratuliere dir: was für ein Kloschüssel-Wissen, was für ein Mülleimer-Können. Ich hatte schon bereits mehr oder weniger resigniert und mich auf eine lebenslängliche, tränenreiche halbe Stunde eingestellt. Jetzt aber sind wir nach tränenreichen zwanzig Minuten wieder draußen.

Jeden Tag, wenn ich vor dem Spiegel Todds Erscheinungsbild inspiziere – er zeigt keinerlei Anzeichen davon, daß er die Fortschritte bemerkt. Fast ist es so, als habe er keine Vergleichsmöglichkeit. Ich möchte die Hacken zusammenschlagen, ich möchte die Faust ballen: *Ja.* Warum sind die Menschen nicht glücklicher darüber, wie großartig sie sich, relativ gesehen, fühlen? Warum umarmen wir uns nicht die ganze Zeit über und sagen: »Was hältst du *davon?*«

Folglich haben Todd und ich, nach vielen fehlerhaften Anläufen, nach vielen Stunden in der lichtlosen See von Verwirrung, Entschuldigung und Schweißausbrüchen, bei Irene schließlich Erfolg gehabt. Sie war untadelig und taktvoll, und sie hat dem Durchbruch auch keine weitere Aufmerksamkeit zukommen lassen. Todd nahm es ebenfalls völlig lässig: alles die Arbeit eines Tages. Aber ich war aufgeregt. Ich war außer mir vor Stolz. Fast sicher habe ich überreagiert, wie stets. Ich habe mich ein wenig beruhigt. Jetzt bin ich schrecklich selbstzufrieden. Das ist Liebe. Das ist Leben. Der Kniff, der Trick: Es stellt sich heraus, daß nichts dahintersteckt. Leben und Lieben gehen Hand in Hand. Es entwickelt sich ganz natürlich.

Das Liebesglück bringt eine Entfaltung meiner Rolle hier bei den AMS mit sich oder bringt sie anscheinend mit sich (ich werde immer vorsichtiger mit Ursache und Wirkung). Ich sage *Rolle,* weil einen der Job als Arzt in eine Art kulturelles Schauspiel verstrickt, die Gesten, die federnden Schritte, die Bewegungen einer unaufdringlichen Macht. Es ist alles in Ordnung. Die Gesellschaft belohnt es. Ich habe das nette kleine Zimmer dort hinten geräumt, habe Platz gemacht für einen älteren Mann, und jetzt bin ich öfter in den Sprechzimmern zu finden. Ich behandle nicht mehr länger nur alte Männer. Ich behandle ebenfalls Frauen und Kinder. Sogar Babys. Es ist, als könnten wir die Babys nicht in Ruhe lassen. Todd fühlt sich tatsächlich hier bei ihnen beschwingter als zu Hause (zu Hause, wo er in Pantoffeln und Morgenmantel umherschlurft). Die Babys werden hereingefahren oder -getragen, und es geht ihnen ziemlich gut, er untersucht sie und sagt so etwas wie: »Diesem kleinen Kerlchen geht's aber gut.« Und er irrt sich mit tödlicher Sicherheit. Immer. Ein oder zwei Tage später kehrt das Baby zurück, mit purpurroten Ohren oder keuchend mit einer Kehlkopf-Diphterie. Und er tut verdammt nochmal überhaupt nichts für sie. Die Herausforderung besteht vermutlich darin, einfach dranzubleiben, während man irgendwie anständig bleibt.

Dann sind da die Fälle, bei denen von Menschenhand geformtes Glas und menschliches Fleisch auf seltsame Weise zusammentreffen. Und menschliches Blut. Das ist, finde ich, eine wirklich Übelkeit erregende Sache, jedoch ist daran niemals etwas zu Grauenhaftes, weil wir uns, wie meine Kollegen gewöhnlich sagen, auf der Flickschuster-Ebene des biomedizinischen Geschäfts befinden: Die ernsthaften Fälle bringen wir direkt und in aller Eile aus den städtischen Krankenhäusern hierher, und wir unsererseits werden sie so rasch wie nur eben möglich wieder los. Das kann man zumindest von den Verkrüppelten und Verstümmelten sagen. Sie sind weg wie nix. Ja, das ist schon ein gutes Geschäft, in den AMS an der Schnellstraße 6. Kein Wunder, daß manche Leute gleich mit einer offiziellen Beschwerde oder sogar einer einstweiligen Verfügung anfangen. Was Hausbesuche betrifft, so verweigern wir die übers Telefon, sogar noch bevor wir gefragt haben – bevor wir die Panik der Mutter hören, das Schreien des Babys. Wir sagen: *Ist bei uns nicht üblich.* Wenn du versaut werden willst, mußt du dich schon auf die Socken machen und herkommen. Es wird dich nicht den Kopf kosten. Und so lang' braucht's auch nicht.

Sie tauchten in Todds Träumen auf, gerade als ich genau das befürchtete: die Babys. Sie haben sich gezeigt. Oder zumindest eines davon. Nichts Grauenhaftes geschieht, und damit komme ich soweit ganz gut klar.

Natürlich assoziieren Sie Babys mit Hilflosigkeit. Aber im Traum ist es anders. Da übt das Baby eine unglaubliche Macht aus. Es hat die Macht, die unbeschränkte Macht über Leben und Tod seiner Eltern, seiner älteren Brüder und Schwestern, seiner Großeltern und tatsächlich eines jeden, der sich sonst noch in dem Raum aufhält. Dort sind etwa dreißig, obgleich der Raum, wenn es ein Raum ist, kaum größer als Todds Kochnische sein kann. Der Raum ist dunkel. Mehr als das, der Raum ist schwarz. Trotz der Macht, die es ausübt, weint das Baby. Vielleicht weint es eben wegen dieses unheilvollen Umschwungs – die neuen und ungeheuerlichen Verantwortlichkeiten, die Macht mit sich bringt. Ganz leise flüsternd versuchen die Eltern, es zu besänftigen, es zu beruhigen: Einen Augenblick lang scheint es sogar so, als müßten sie es *erdrosseln.* Diese quälende Versuchung besteht. Weil die rigorose Überlegenheit des Babys mit seiner Stimme zusammenhängt. Nicht seine geballten Fäustchen, seine nutzlosen Beinchen, sondern seine Stimme, die Laute, die es hervorbringt, seine Fähigkeit zu weinen. Wie gewöhnlich haben die Eltern die Macht über Leben und Tod des Babys, die alle Eltern haben. Doch hier und jetzt, unter diesen besonderen Umständen und in diesem besonderen Raum, hat das Baby die Macht über sie. Und über jeden anderen der dort Versammelten. Etwa dreißig Seelen.

Für Todd ist das alles erheblich härter als für mich. *Ich* bin stets wach, wenn der Traum abläuft. Und ich bin unschuldig . . . Dieser krankhafte Glanz von Possenspielerei und Anklage – ich versteh's nicht recht. Ich weiß, er träumt nur. Ich lehne mich einfach zurück, mit einigen bösen Vorahnungen, zugegeben, und werde Zeuge der Spätvorstellung, die in Todds Kopf abläuft, auf die Leinwand projiziert von seinem Unterbewußtsein – von seiner Zukunft. Wenn die Zeit reif ist, die Vorfälle zu erleben, auf die Todds Träume hindeuten (wenn wir beispeilsweise herausfinden, warum das Baby soviel Macht ausübt), dann wird es für mich vielleicht auch härter werden. Todd selbst weint wie ein Baby, ehe der Traum abläuft. Heutzutage tummelt sich gelegentlich Irene hier, um ihn seelisch zu stärken, ehe er da hineintaucht.

Im Fernsehen (sehen Sie) – auf dem Dach, hoch auf dem Sims, hoch droben, der weinende Mann in dem schmutzigweißen Hemd, der ein Baby im Arm hält. Nahebei ein Polizist, in Deckung gegangen, ganz im Alarmzustand, alle Energien gesammelt für diese äußerst dringliche Begegnung oder Transaktion. Der Bulle sagt durch sein Megaphon, er wolle das Baby übernehmen. Im Endeffekt will er den weinenden Mann in dem schmutzigweißen Hemd entwaffnen. Der weinende Mann hat keine Waffe. Das Baby ist die Waffe.

So stehen die Dinge in dem schwarzen Raum nicht, in der Schwärze, wo man nur umhertappen kann, mit den zum Verstummen gebrachten Gestalten. Hier drinnen ist das Baby keine Waffe. Hier drinnen ist das Baby eher eine Bombe.

Gerade als Todd unsere Beziehung zu Irene auf sichere Füße gestellt hat, eine Beziehung, für die jeder gesunde Mann töten würde, mit ihren auf die Minute pünktlichen Besuchen und leidenschaftlichen Telefongesprächen, den Filmen, die wir zusammen genießen, dem feinen Essen, dem Frieden und der Geborgenheit (dem Vergeben), die ihre Gegenwart mit sich bringt, außerdem den ausgesprochen trägen Liebesstunden, die unausweichlich alle paar Monate oder so stattfinden, und nachdem wir meiner Ansicht nach das Stadium erreicht haben, wo wir sie zur Rede stellen könnten, freundlich, aber bestimmt, wegen der Unordnung, die sie im Haus hinterläßt, weil es das Beste ist, solche Dinge offen auszusprechen, sie nicht schmoren zu lassen und so weiter – jetzt raten Sie mal. Todd fängt an, Faxen zu machen. Jawohl. Mit Gaynor.

Eines Sonntagnachmittags fuhren wir wie in Trance mit dem Auto hinaus nach Roxbury, parkten und stromerten durch die Straßen, und dort war sie, stand in einem blauen Morgenmantel vor der Haustür, mit verschränkten Armen und einem amüsierten und vorwurfsvollen Gesichtsausdruck. »Du alter Schweinehund!« rief sie. Aber wir redeten dennoch mit ihr. Ich hatte nicht den Eindruck, irgend etwas sei im Gange, bis wir hineingingen. Todd, ich wollte dich warnen: Tu's nicht! Die Stimme der Vernunft. Sie spricht flüsternd. Niemand hört sie. Eins führt zum anderen – eigentlich war's eher andersherum. Nach der ersten Flaute fahren wir jetzt regelmäßig zu Gaynor hinaus, alle zwei Wochen.

Es wird ›betrügen‹ oder ›Doppelleben‹ genannt, und genauso fühlt es sich auch an. Ein Integritätsverlust. Körperlich gesehen ist es andererseits euphorisierend, gebe ich zu, weil unsere neue Freundin sich schon eine

Weile länger hier herumtreibt als Irene. Dieses kleine Schätzchen ist nur vierundfünfzig. Aber ich bin bestürzt. Frei heraus gesagt, bin ich hellauf empört. Vergangene Woche ist er mit *noch einer* ausgegangen: Elsa. Glücklicherweise bloß zum Essen. Es war eine sehr erbittert geführte Unterhaltung, und sie warf uns einige schreckliche Namen an den Kopf. Ich hielt es für ein völliges Desaster, aber irgend etwas sagte mir, daß Todd noch immer voller Hoffnung ist. Ist das erlaubt? Mir kommt's so vor, als stünden wir mit einem Bein im Gefängnis. Wo liegen die Grenzen?

Für Todds Hormone ist die Welt auf einmal eine Frau. Selbst die Schärfe der Stadt in einer feuchten Nacht, die Regenschleier, die schmutzige Dunkelheit – alles eine Frau. Ihre Schatten sind überall, und sie senden seinen Hormonen Botschaften. Ich frage mich, ob Todds neuerwachtes Interesse an Frauen ein professionelles Interesse ist, das mit dem zu tun hat, was er in den AMS mit ihnen anstellt: Sein behütender, kritischer Blick auf krankes oder zerstörtes weibliches Fleisch. Aber sein neuerwachtes Interesse an Frauen scheint viel zu breitgefächert und anarchisch zu sein; es ist nicht spezialisiert. Entspannt sinken wir mit einer Tasse Kaffee in den Sessel und blicken aus dem Fenster, und dann sieht er über der Straße einen Umriß (was *jetzt?*), durch den Zaun, durch die Blätter, und verrenkt sich vergebens den Hals, späht vergebens und kippt nach vorn auf die Zehen.

Weshalb? Für den Fall, daß es eine Frau ist.

Die Perspektiven der Viehhöfe zittern und beben. Die Industrie kommt in die Stadt. Das Gas ist billig. Die Dinge bewegen sich rascher als zuvor. Man hat die Irren von den Straßen entfernt; wir fragen nicht, wohin sie verschwunden sind. Niemals Fragen stellen. Es ist besser, wenn man niemals Fragen stellt. Keine Streuner mehr, keine Nachtschwärmer . . . Statt dessen hat sich ein dicker und fetter Altruismus breitgemacht. Alle Leute haben jetzt Arbeit, im Stahlwerk oder in der Autofabrik. Sie waschen den Wind. Ebenso wie sie den ganzen Müll und Abfall wegräumen, reinigen sie gleichfalls Erde und Himmel, modeln alle Autos um, verwandeln Werkzeuge, Ersatzteile, Waffen, Nieten in Kohle und Eisen. Sie haben ihre Umweltprobleme wirklich in den Griff bekommen, fassen sie klar ins Auge, zum Nutzen aller. Die Zeit für Diskussionen ist vorüber. Es gibt keine Diskussionen. Es wird lediglich angepackt. Was völlig krank daniederlag, dem bringt man jetzt völlige Genesung. Jetzt gibt es weniger Platz zum Nachdenken und für Gefühle, und es sieht so aus, als sei eine große Erschöpfung gut dazu, die Menschen zu ernüchtern. Arbeit befreit: Am Freitagabend, wenn sie zur Arbeit gehen, wie lachen sie da und rufen und rollen die Schultern!

Todd liebt die Menge. In der Menge kann man Führer sein, ohne daß es jemandem auffällt. Wie bei den ausgestellten Hosen. Eine Zeitlang war er mit diesen Hosen ostentativ herumstolziert, und jetzt steckt jeder darin. Auch in den geblümten Hemden, den weichen Halstüchern und diesem Kaftan oder *Dhoti*, den er an den Wochenenden trägt – weiß und von ähnlichem Schnitt wie sein Arztkittel, jedoch mit anderen Gedankenverbindungen. In seinem Alter ist so etwas widerwärtig, da stimme ich zu, aber die alten Leute tun's, und keiner von den jungen Leuten sagt, sie können's nicht tun. Mode ist Masse. Todd trägt auch das rote Armband, ebenso wie alle anderen. In der Menge leide ich unter Paranoia und Klaustrophobie, aber Todd sucht und liebt die Gesellschaft der Masse. Erleichtert und begeistert läßt er sich von der größeren Einheit mitschleifen, der strahlenden Masse. Er schüttelt das Ding da ab, das er anscheinend oft nicht ertragen kann: Seine Identität, sein Wesen, verloren sind sie in der Promiskuität der Masse. Meine Gegenwart ist niemals winziger. Aber es ist stets dieselbe Geschichte. Opfere deine Seele, und gewinne die Macht.

Unter Gewitterwolken, unter einer Wolkendecke wie eine belegte Zunge, auf der der Lichtstift eines Arztes spielt, wie auf einem pervertierten Karnevalszug, protestieren wir gegen den Krieg in Vietnam, mit aufgeregten, aufschauenden Gesichtern, mit aneinandergepreßten Leibern, die sich alle in dieselbe Richtung bewegen, und mit jenem Gefühl, sowohl verloren zu sein als auch recht zu haben, verloren sein und recht haben. Wir sind einen halben Kilometer lang, jung und alt, weiß und schwarz, Mädchen und Jungen, wir suchen nach einem Ungeheuer, das wir töten oder erschaffen wollen. Transparente und Fahnen sagen die üblichen Dinge über den Frieden, über den Krieg, gemeinsam mit spezielleren Forderungen wie BEENDET DIE DE FACTO RASSENTRENNUNG und FEUERT MRS. AINTREY. Todd starrt FEUERT MRS. AINTREY an. Er will Mrs. Aintrey nicht feuern. Möglicherweise möchte er Mrs. Aintrey finden – und sie durchbumsen. Er gibt sicherlich einen Scheißdreck um den Vietnam-Krieg. Und er ist, um ihm Gerechtigkeit widerfahren zu lassen, auch nicht nur hier, um sich an Frauen ranzumachen. Im Gegenteil: Er ist hier, um sie loszuwerden, um sich von ihnen zu lösen, um in der Hitze und der Geborgenheit der Menge von ihnen wegzutreiben.

Ein weiterer Krieg wird kommen. O ja, das wissen wir bestimmt. Ein großer Krieg, ein Weltkrieg, der sich durch die Dörfer wälzen wird. Mir wird allein schon bei der Vorstellung schwach, welche Vorbereitungen sich dafür als notwendig erweisen werden. Was muß alles abgerissen, was muß an Erde bewegt, welche Wunden müssen geöffnet werden, damit sie sich jäh wieder schließen . . .

Es sind noch genau fünfundzwanzig Jahre, bis es losgehen wird. Darum sieht man auch, wohin man nur blickt, soviel Zeugs darüber: Sogar überall dort, wohin *Todd* blickt. Eine Weile dachte ich, von jetzt an werden sich die Informationen darüber immer weiter anhäufen, aber es läßt Gott sei Dank schon wieder nach.

Denn Todd reagiert höchst empfindlich auf diese Materie. Sie berührt ihn wie ein Duft, wie ein Geläut. Zu spät . . .

Das gleiche löst jene andere Sprache in ihm aus, wenn er sie hört, was jetzt gar nicht so selten geschieht, insbesondere in Roxbury, wohin er an diesen Sonntagen wandert; es ist eine Sprache, in der sich vielleicht Maschinen unterhalten, wenn kein menschliches Wesen zuhört. Etwas Drittes löst dieses Gefühl aus. Nägelschneiden. Es ist der Geruch, den diese blassen Schnipsel verströmen, wenn sie im Feuer kochen und knistern . . .

Ich habe die Daten gesehen. Wir waren niemals auch nur im entferntesten jung genug für den gegenwärtigen Krieg, aber wenn der Weltkrieg kommt – dann werden wir gerade bereit sein, darin zu kämpfen. Wir sind schließlich die überlegene Spezies. Wir haben keine Plattfüße. Wir können gut sehen. Wir haben keinen Klumpfuß, wir sind weder Marxisten noch Spinner. Wir haben keine Gewissensbisse oder so was in der Art. Wir sind vollkommen.

Die übliche Affäre beginnt heutzutage in etwa so. Im Endeffekt beginnt sie mit einem Augenblick des *Schrekkens.*

Typischerweise beginnt sie mit einer spätabendlichen Fahrt zu einem kleinen Restaurant. Der Kellner hat uns gerade unsere Mäuse, unser Honorar, oder was es auch immer sein mag, gebracht, und wir sitzen ruhig da, schnauben und spucken in unseren Cognacschwenker und lassen uns eine scharfsinnige Perfecto schmecken. Uns wird bewußt, daß uns die Leute ansehen. Und wir mögen es nicht, wenn uns die Leute ansehen . . . Dann wird unser Blick eingefangen und festgehalten von einer gebeugten weiblichen Gestalt, die durch die Tür und quer durch den Raum auf uns zu eilt. Blond, dunkel, schlank, plump, elegant, nicht so elegant. Dann wirbelt sie herum. Es ist ein großer, mächtiger Augenblick, wenn Frauen mit einem Hauch von Herausforderung herumwirbeln und wir zu sehen bekommen, wie sie so sind. Jetzt einmal persönlich gesprochen: Das ist stets ein Grund für Wachsamkeit, wenn sie herumwirbeln – gleich, wie sie aussehen. Weil hierin das Seltsame an diesen Beziehungen mit Frauen liegt: Man bekommt alles beim ersten Rendezvous. Na ja, hier und da ist's das zweite Rendezvous, aber im allgemeinen das erste. Unverzüglicher Einmarsch. Unverzüglicher Einmarsch und Herrschaft. Und eine Stunde, oder auch höchstens zwei, mehr braucht es nicht! O Gnade! Man kann zu einer Frau an einer Straßenecke gehen und sie beschimpfen, und zehn Minuten später ist sie bei einem zu Hause und tut Gott weiß was. Bei mehr als einer Gelegenheit war der erste körperliche Kontakt, die erste Berührung, eine Ohrfeige oder ein Stoß: Sie wischt mit der Hand über Todds höhnisches Grinsen, in dem – ja, was liegt? Lust? Verachtung? Als einziges muß zwischendrin, wie mir aufgefallen ist, jener erwähnte Augenblick des Schreckens erfolgen. Er stimuliert; er legitimiert. Er ist anscheinend eine notwendige Bedingung.

Also setzt sie sich an den Tisch, errötet, belebt, gebieterisch, resolut – gleichwohl, die Schnauze gestrichen voll –, und ich bringe den Ball ins Rollen, mit so was wie:

»Geh nicht – bitte!«

»Auf Wiedersehen, Todd.«

»Geh nicht!«

»Es hat keinen Zweck.«

»Bitte!«

»Für uns gibt es keine Zukunft.«

Was ich, ich gestehe es, mit einem schweigenden ›Ja, ja!‹ begrüße. Todd fährt fort:

»Elsa«, sagt er, oder »Rosemarie« oder »Juanita« oder »Betty-Jean«. »Du bist etwas Besonderes für mich.«

»Den Teufel tust du.«

»Aber ich liebe dich.«

»Ich kann dir nicht in die Augen sehen.«

Mir ist natürlich schon früher aufgefallen, daß manche Gespräche mehr Sinn ergäben, wenn man sie rückwärts laufen ließe. Aber was diese Mann-Frau-Kiste betrifft, so kann man sie ablaufen lassen, wie man will – und kommt dennoch nicht einen Millimeter weiter.

»Bitte. Du kannst über Nacht bleiben.«

»Dies ist ein Abschied, Todd.«

»Beth«, sagt er. Oder »Trudy« oder so.

»Mir paßt das ganze einfach nicht mehr.«

»Gib mir noch eine Chance!«

Dann gleiten sie in diese übliche Routine. Sie dauert vom Zeugs zum Knabbern bis zum Aperitif, von Z bis A. Verstehen Sie sie nicht falsch: Todd hat seine guten Seiten. Er ist, was weitgehend anerkannt ist, ›sehr liebevoll‹ (ich glaube zu wissen, was das bedeutet. Aber wie sollten *sie* das wissen?). Und sie reiten auch nicht weiter auf seinen offensichtlichen Schwächen herum, daß er zum Beispiel *Arzt* ist und drei Dutzend Freundinnen hat. Nein, die Schwierigkeit besteht offensichtlich darin, daß Todd nicht fühlen kann, daß er keine Verbindung eingeht, daß er sich niemals öffnet, daß er stets etwas zurückbehält. Was Trudy und Juanita und all die anderen zu sagen versuchen, ist, wie es mir vorkommt, daß Todd ihnen einen Schauer den Rücken hinunterjagt. Aber was es auch immer ist, was es auch immer ist, das sie sagen oder zu sagen versuchen, es hindert Todd niemals daran, sich zu entfalten.

Es gefällt ihm, in der schrecklichen Stunde der Abenddämmerung Liebe zu machen. Er läßt sie nicht über Nacht bleiben – ein weiterer vieldiskutierter Fehler. Nur Irene bleibt über Nacht, als einzige . . . Die Handtasche auf Beths Schoß steht gähnend weit offen. Sie fühlt sich mies, weil alles ein Ende haben muß. Ich, ich fühle mich mies, weil alles anfängt. Wenn die Zeit kommt, da wir auf der anderen Seite von alledem hier stehen, ich weiß es (da habe ich so meine Erfahrungen), wenn die Zeit kommt, da ich wirklich stolz auf sie und ihre netten Umgangsformen bin, werden sie sich unwiderruflich zurückziehen, vor mir verblassen, nur noch ein flüchtigster Kuß, ein kürzester Händedruck, ein Streicheln der bestrumpften Wade unterhalb des Tischs, ein Lächeln. Sie werden uns mit Blumen und Konfekt abspeisen. O ja. Ich bin dabeigewesen. Dann, eines Tages, werden sie einfach durch uns hindurchsehen. Als nächstes werden wir in Erfahrung bringen, daß sie den Job oder die Stadt gewechselt haben. Auf einmal haben sie Kinder und müssen ihnen das Studium bezahlen, oder sie leben mit irgendeinem alten Wrack von Ehemann zusammen.

Mit einem Aperitif runden wir unsere Mahlzeit ab, und dann sitzen wir da und beschreiben sie verbissen dem Kellner, mit der Speisekarte, um unser Gedächtnis auf Trab zu halten. Auf dem Rückweg herrscht Schweigen im Wagen und auch beim Liebesakt in der Stunde der Abenddämmerung. Vorausgegangen war, wie ich gesagt habe, der Augenblick des Schreckens. Und sie ist auch nicht gänzlich ohne pathetische Aspekte, diese abendliche Szenerie mit den beiden erwachsenen Teilnehmern, ihren Brillen, ihrem Haar, ihren schweren, alten Schuhen und dem zusätzlichen Vertrauen, das insbesondere sie verspüren muß, oder auch nicht verspüren muß. Und hier ist er, wie Glockengeläut. Ein nackter weiblicher Blick. Vielleicht ist ihr Körper ebenfalls nackt, aber es gibt nichts, das so nackt ist wie ein menschliches Auge. Es liegt noch nicht einmal *Haut* darüber. Wie Glockengeläut, der Moment des durchdringenden Ins-Auge-Fassens. Immer der gleiche Blick – voller Verstehen, voller unwillkommener Zweifel –, als hätten sie gerade alles gesehen, selbst die Gestalt im Traum, mit dem weißen Kittel und den schwarzen Stiefeln, und, in ihrem Kielwasser, einen nächtlichen Himmel voller Seelen. Nun ja, was sie auch immer gesehen haben mögen, es kann sie nicht so sehr bekümmern. Wer weiß, vielleicht funktioniert es ja sogar als eine Art krankhaften Antörnens. Sekunden später werden sie mit einem Seufzer sein unglaubliches Eindringen bestätigen. Und sie werden es rasch hinter sich gebracht haben. Danach ist's nichts weiter mehr als ein immer wiederkehrendes Gesprächsthema oder eine Art *Diagnosegespräch*, mit all seinem *Ich habe nicht das Gefühl, dich wirklich zu kennen.* Und *Was geht da drinnen wirklich vor?* und *Zeig mir dein wahres Selbst!* Den wahren Todd. Natürlich, ich bin ebenfalls neugierig. Der wahre Todd:

Zeig ihn mir. Aber bin ich mir sicher, ob ich ihn wirklich sehen will?

Irene drückt es vielleicht am besten aus – sie sagt es sicherlich sehr oft –, wenn sie Todd sagt, er habe keine Seele. Ich nehme das persönlich, und ich war zunächst auch geknickt. Doch sie bleibt da. Kann Todd denn so schlecht sein, wenn sie dableibt? Das muß sie nicht. Sie ist nicht unsere Mutter . . . Unnötig zu sagen. Todd hat es versäumt, Irene mit Beschreibungen seiner neuen Beziehungen, seiner Eroberungen, seiner heimlichen Annexionen zu unterhalten. Aber sie weiß, wie er ist. Sie ist eine gute Beobachterin. Zum Beispiel war es Irene, die auf etwas hingewiesen hat, worauf ich niemals den Finger habe legen können: Todd kann nicht gleichzeitg reden und lächeln. Vielleicht jedoch will oder braucht er es auch nicht . . . Er kommt gut zurecht. Mit all seinen Frauen und ihren verschiedenen Körpern, ihren verschiedenen Vorzügen und Absichten. Mittlerweile leide ich. Ich finde, ich bin sehr verletzbar, was Verwirrung und Bedauern betrifft. Wenn mein Kopf mir überlassen würde, was niemals geschehen wird und was ich auch nicht will (denn ich bin impotent. Ich kann keine Wellen hochschlagen lassen), bliebe ich Irene treu. Zumindest so lange, bis meine Frau auftaucht. Es ist halt eine Sache des Prinzips. Ein Mann, eine Frau: Meiner Ansicht nach sind wir das dem menschlichen Körper schuldig. Ich komme mir vor wie ein leidenschaftlicher Geist, wie ein Statist, der Tränen der Begierde vergießt, wenn Irene in unseren Armen liegt. »Todd mag ein Betrüger sein«, möchte ich wispern, »aber ich bin dir treu. Ich bin verläßlich. Ich bin treu.«

Im Traum immerzu dieser Raum, irgend etwas wie ein Gartenhaus oder ein Geräteschuppen. Die Utensilien stimmen nicht. Die Atmosphäre stimmt überhaupt nicht. Menschen sind darin versammelt. Es ist ein Raum, worin sich irgend etws Tödliches auf monotone Weise entscheiden wird.

Todds Unterbewußtsein besteht darauf, in Form eines Traums, daß Todd Schmerzen erleidet. Die Träume sagen uns das in ihrer traurigen Wiederholung. Und Furcht. Todd ist ein großer Anleger bei der Bank, wo die Furcht aufbewahrt wird. Manchmal, um Mitternacht herum, erschafft Todd Friendly Dinge. Wie wild repariert und heilt er. Er faßt Rahmen und Gurt und erschafft mit einem einzigen Schlag auf den Fußboden, mit einem einzigen Zusammenprall, einen Küchenstuhl. Mit einem einzigen heftigen und geschickten Tritt seines schmerzenden Fußes repariert er eine tiefe Beule in der Seite des Kühlschranks. Mit einem Stoß seines Kopfes setzt er den zersplitterten Badezimmerspiegel wieder zusammen, heilt zugleich die anschwellende Beule über der blutbesudelten Augenbraue, woraufhin er dasteht und sich mit flackerndem Blick betrachtet.

Ich habe von den drei Auslösern gesprochen, jenen Stimuli, von denen Todds *Körper* Zeugnis ablegt. Jenes kupferartige Surren der festgespannten Notleine in seinen Eingeweiden. Es gibt einen vierten Auslöser, wie die verbrannten Fingernägel – er entströmt dem Feuer. Ist das Feuer selbst ein Auslöser? Das Feuer, das schmerzhaft heilt und aus dem schleimigsten Gestank und Chaos üppig erschafft . . .

Einmal im Jahr wird aus den Flammen der immer gleiche Brief geboren. Todd sitzt da, starrt unheilverkündend auf den Rost und beobachtet das Geflüster des

Feuers, seine gestreiften Kehlen und wabernden Zungen. Aus seiner Kehle steigen die komplizierten Klickgeräusche eines Brechreizes auf. In Todds Bewußtsein kann ich natürlich nicht hineinsehen. Aber ich bin der verborgene Teilhaber seines Körpers. Was geht ihm durch den Kopf? Dies: eine Qual, eine allesumfassende Vergiftung durch tiefste Furcht. Und Erleichterung – eine unwürdige Erleichterung. Dann löst sich der Brief, wandelt sich in der Hitze von Schwarz zu Weiß und liefert sich selbst der ausgestreckten Hand aus.

Der Brief hat stets dasselbe zu sagen. Ja, das ist so ziemlich die Art von Korrespondenz, die man von Todd Friendly erwarten konnte: unveränderlich, humorlos und einseitig, wie Werbepost. Folgendes steht darin:

Lieber Todd Friendly, ich hoffe, Ihnen geht es ebenso gut wie uns. Es freut mich, Sie darüber informieren zu können, daß das Wetter hier weiterhin angenehm mild ist!

Ihr Ergebener. Daraufhin die hysterische Unterschrift, darunter der folgende Name und Titel selbstgefällig getippt: Reverend Nicholas Kreditor. ›Hier‹ (wo das Wetter stets mild ist) ist laut Briefkopf New York – genauer gesagt, das Imperial Hotel auf dem Broadway.

Und das ist's. Alles, was die Briefe bei mir auslösen, ist ein jährlicher Stoßseufzer der Erschöpfung. Doch Todd führt sich auf, als sei New York gleich um die Ecke und als bedeute mildes Wetter Hagelschauer und teuflische Winde und die wahnsinnigen Blitze eines Venus-Gewitters. Lange Zeit bleibt er da vor dem Feuer sitzen, die Flasche Scotch neben sich, mit aufgeschreckter Körperchemie. Am Morgen lassen wir den Brief auf der Matte zurück, zusammen mit dem anderen Müll, und er wird verschwinden, wie Todds Furcht.

Wie wird er's aufnehmen, wenn das Wetter in New York wirklich einmal schlecht wird?

Es ist von Bedeutung, wie ich annehme, daß fast alle unsere Liebesaffären in den Sprechzimmern der Associated Medical Services ein Ende finden. Eine professionelle Formalität herrscht vor, wenn wir da mit der einen oder anderen unserer Freundinnen stehen, vor einer Kulisse aus Größen- und Gewichtstabellen, Ernährungslisten, Abtast- und Abstrichspritzen und Schildern, auf denen so etwas geschrieben steht wie ›Haben Sie Endometritis? Keine Panik‹. Es geschieht nicht viel, körperlich, außer ein wenig Augenbrauen-Berühren und Pulsmessen. O ja: Todd nutzt seine geringe Macht mit den Spritzen aus: »Fühlen Sie sich irgendwie taub?« Unsere Freundinnen genießen offenbar die Scharade, zumindest zu Anfang. Es sind wohl Todds Fragen, die sie letztlich abstoßen. »Wie lange sind Sie verheiratet?« »Ist Ihr Gatte ein aktiver Mensch?« »Führen Sie . . . Führen Sie ein *erfülltes* Leben?« Unsere Freundinnen haben niemals ein erfülltes Leben. Sie behaupten samt und sonders, ziemlich verletzt, ein leeres Leben zu haben. Wie dem auch sei, mit diesen Fragen fällt er völlig durch.

Vielleicht ist es auch einfacher als das, und es hat etwas damit zu tun, Todd in seiner natürlichen Umgebung zu erleben, den Arzt, den Türsteher, den weißen Kittel und die schwarze Tasche. Unsere Freundinnen gehen rückwärts für alle Zeiten hinaus, mit völlig anderem Gesichtsausdruck, sie halten vor der geschlossenen Tür inne und klopfen leise an, klopfen leise an den Sarg ihrer Liebe.

Doch kommen sie noch von vielen anderen Stellen her. Man findet sie überall.

Im Haus Gottes, in Parkhäusern, in Bars, in Regennächten in Hauseingängen, manchmal mit Schal und eingemummt gegen Wind und Kälte, manchmal nackt in seltsamen Appartements.

Also ist's fast vollständig, dieses Eintauchen in die Körper der anderen. Und Körper sind etwas Hübsches, nicht wahr? Sollte ich das denken? Ja, nun gut, in Ordnung – sie *sind* etwas Hübsches. Sie vergeben alles. Wenn sie alt sind. Sie können kein Urteil fällen. Irene, deren weiße Fülle alles vergibt. Sagt sie zumindest.

»Du möchtest es nicht wissen«, wispert Todd im Dunkeln, ehe er träumt.

»Was es auch immer sein mag, ich könnte dir vergeben.«

»Du möchtest es nicht wissen«, wispert Todd.

Sie will's nicht wissen. *Ich* will's nicht wissen. Niemand will's wissen.

Und dann unser eigener Körper, unser eigenes leibhaftiges Instrument, auf das wir jetzt schrecklich stolz sind. Unser flotter Schritt. Ah, die Klarheit und der Ansatz unseres Stuhlgangs. Wie perfekt wir funktionieren . . . Es **ist** wohl kaum überraschend, daß wir so einen Riesenerfolg bei den Frauen haben und sie uns so rasch über den Weg laufen, bei unserem unbewegten vierkantigen Gesicht, unseren sauberen und kraftvollen Händen. Wenn man diesen Typus mag, und auch wenn ich's selbst sage, Todd *ist* unglaublich stattlich . . . Dieser Körper: Sein Stolz darauf ist ziemlich sicher mit seiner Furcht verbunden, jemand könne ihn verletzten – ihn verstümmeln oder zestören. Also, warum sollte jemand hingehen und so etwas tun? Die Ärzte möchten das vielleicht tun; aber Todd geht nicht zu Ärzten; er macht einen weiten Bogen um Ärzte. »Du sollst nicht auf Ärzte hören«, sagt er Irene und kommt dabei einem gleichzeitigen Reden und Lächeln so nahe wie nur irgend möglich. »Sie versuchen, ihre Messer in einen hineinzustecken. Laß niemals zu, daß sie ihre Messer in dich hineinstecken.« Schlank und von blühender Farbe vor dem Spiegel im Badezimmer stehend, verspürt Todd einen Stolz, in dem etwas von einem Zurückzukken oder -weichen steckt. Mach weiter! möchte ich sagen. Spiel's durch! Krümme dich mit den Händen auf den Geschlechtsteilen! Bedecke dein unteres Herz!

Mittlerweile sitze ich in dem geräumigen Bar-Restaurant, in diesem Spuck-Salon, in diesem extrafeinen Vomitorium. Die Frau ist erschienen, und jetzt gibt's Fleisch und Tränen, und das Essen häuft sich heiß auf unseren Tellern. Warte mal. Das hier ist eine Vegetarierin. Sie tönt, daß sie alle Tiere liebt – aber damit hat es sich auch. Bald ... Jesses, diese ganze Routine ähnelt sehr dem Liebesakt. Zuerst die Traurigkeit und die Unordnung, dann die vergängliche Transzendenz; dann legen die Körper wieder die Kleidung an, und dann schleicht man mit Worten und Gesten umeinander her, bis man wieder getrennter Wege geht.

Todd träumt einen anderen Traum, in dem er eine Frau ist. Auch ich bin diese Frau: In diesem Traum bin ich ebenso Teilnehmer wie Zuschauer. Ein Mann ist in unserer Nähe, er hält das Gesicht abgewandt, den scheibenähnlichen Rücken halb weggedreht. Er kann uns etwas antun, natürlich. Aber er kann uns auch beschützen, wenn es ihm gefällt. Wir verlassen uns beklommen auf seinen Schutz. Wir haben keine andere Wahl, als ihn nervös zu lieben. Wir haben auch keine Haare, was für eine Frau ungewöhnlich ist. Es freut mich gleichfalls, sagen zu können, daß wir in diesem Traum keine Babys sehen. Wir sehen nicht ein einziges

Baby, mächtig oder nicht. Wir sehen keine Bomben-Babys, Babys mit der Macht einer Bombe. Dieser Traum ist kinderlos.

Die Zeit hat jetzt ein Ziel. Sie fließt hinter dem Unabwendbaren her, wie die Reflexionen auf der Windschutzscheibe, wenn der Wagen durch die Stadt oder einen Wald jagt.

Eineiige Zwillinge, Zwerge, Geister, das Liebesleben des Caligula, von Katharina der Großen und Wladimir, dem Pfähler, nordische Eiswolken, Atlantis, die Dronte.

Moment mal. Aus heiterem Himmel hat Todd damit begonnen, Reisebroschüren zu lesen, die bestimmte halbverlassene Gegenden in Kanada anpreisen. Ja, er findet sie im Papierkorb. Die jungen Männer, die eigentlich in Vietnam sein sollten, setzen sich jetzt alle nach Kanada ab. Vielleicht zieht Todd Kanada in Betracht. Vielleicht zieht Todd Vietnam in Betracht. Vietnam täte ihm vielleicht gut. Die Quasselköpfe von Hippies und die aus den Fugen geratenen Fettsäcke, die dorthin gehen, kommen zurück und sehen sauber, gesund und nett aus, nach kurzer Zeit im Krieg, in Nam, in dem, was sie *den großen Scheißdreck* nennen.

Nicholas Kreditors letzter Brief läßt ein verborgenes Talent für Details und Einfallsreichtum erkennen. Die Wetterlage unten in New York hat sich, »obgleich vor kurzem unbeständig«, wie Kreditor schreibt, »erneut stabilisiert«.

Ich glaube, da liegt er falsch. Ich glaube, sie ändert sich. Ich glaube, es wird bestimmt sehr, sehr stürmisch.

Ich wußte in dem Augenblick, daß etwas in der Luft lag, als Todd damit begann, sein gesamtes Mobiliar zu verscherbeln. Während des gesamten Vorgangs sah ich mit erzwungener Ruhe zu, wie eine Ehefrau. Zunächst wurde jedes Möbelstück fortgekarrt, nebst allen meinen Haushaltsgeräten, dann die Teppiche und die Vorhänge, denken Sie nur! Warum straft mich Todd auf diese Weise? Es machte ihm auch jedesmal einen Heidenspaß, wenn er nach neuen Möglichkeiten suchte, sein Heim häßlicher zu machen. Am Wochenende der unvermeidliche Blaumann. Er schlich mit affenartiger Gier umher, auf der Suche nach Dingen, die er zerbrechen und verunstalten konnte.

Er führte einen wahren Blitzkrieg gegen die elektrischen Leitungen. Viele schreckliche halbe Stunden lang nahm er mich hinab unter die Fußbodendielen, unter die Dachbalken, in der suchenden Hand Schnur oder Kabel; die platonische Düsternis dieser Unterwelt wurde zu einem Motiv unseres nächtlichen Lebens, vom Kerzenschein erhellt, vom Fackelschein zerschnitten; unser altes Leben stellte ich mir allmählich wie eine grenzenlose Kathedrale aus Licht vor. In gleicher Weise machte er sich ans Klempnern. Gottverfluchte Arbeit, das Klempnern. Alles liegt hinter allem anderen, man besteht nur noch aus Ellbogen und Kniescheiben und reißt sich die Wange an den kupfernen Eingeweiden auf. Wie dem auch sei, es funktionierte: Wir haben jetzt kein Wasser mehr. Nur noch den Zapfhahn im Garten. Der Gang ins Bad ist dieser Tage eine wahre Expedition: Die Gießkanne wird zu einer Art Dusche, und Todd muß mit seinem Eimer ganz schön fix sein. Das Leben ist ein einziges Geklirre und Geschwinge und Gekratze von all diesen Eimern und Kübeln. Wir sind jetzt soweit gekommen, daß wir unten auf den nackten Dielen sitzen, mit Kerzen und Camping-Gas und einem Imbiß aus dem Delikatessengeschäft auf einem Pappteller. Soweit hat es Todd mit uns gebracht. Ich meine, als ich mit ihm angefangen hatte, hätte ich niemals geglaubt . . . Draußen, der entlaubte Garten, die kahlen Büsche, das verkümmerte Gras, die ausgedörrte Erde.

Nicht das Engerschnallen des Gürtels deprimierte mich, auch nicht Todds Starrsinn und seine finstere Laune, die jedenfalls nie lange währte. Schließlich stecke ich drin in dem alten Hund, gleich, welchen Lebensstil er zu führen gedenkt. Es war die Einsamkeit, die rings um mich her, unter mir, wuchs: Die konnte ich nicht ertragen. Das Aufleuchten einer priesterhaften Gleichgültigkeit auf den Gesichtern der Ladeninhaber und Barkeeper. In den Augen der Nachbarn ein verwässertes Vergessen. Auf der Arbeit geschieht mittlerweile gleiches: Ich kann's spüren. Was die Frauen betrifft – nun ja, vielen Dank, meine Damen! Eine nach der anderen verließen sie mich. Nur Irene bleibt beharrlich. Sie hätte nicht taktvoller sein können angesichts der jetzigen Umstände, obgleich sie verständlicherweise ernst und abwartend gestimmt ist. Irgend etwas sagt mir, daß ich sie gleichfalls eine Weile lang nicht mehr sehen werde. Jesses, selbst die Hündin von nebenan hat sich von mir abgewandt, und jetzt haßt sie mich. Gewöhnlich hat sie sich durch den Zaun gedrückt und mir ihre Knochen gebracht. Für gewöhnlich war sie herumgesprungen und hatte umhergetollt. Jetzt werde ich lediglich voller Anspannung angeknurrt, und sie starrt mich mit fieberndem Abscheu an. Sauhündin . . . Es ist so, wie es in dem Song heißt – es ist die buchstäbliche Wahrheit. Wenn man sich auf dem absteigenden Ast befindet, wenn einen die Reise durch die Gesellschaft in ihre Abgründe führt, dann kennt einen niemand mehr. Niemand kennt einen.

Der schlimme Tag kam. Wir zogen in eine ›Ein-Zimmer-Wohnung‹ in Roxbury um. Ich werde dieses Zimmer nicht beschreiben. Durch den Nebel meines Schmerzes kann ich's sowieso kaum erkennen. Na ja, ich hoffe, Todd ist glücklich . . . Eigentlich ist er nicht mehr glücklich. Dieser Tage verbringt er eine Menge seiner Freizeit in trunkenem Gebet. Er wird einzig und allein dann munter, wenn wir zu dem alten Haus zurückkehren und uns mit dem Makler treffen. Sie gehen gemeinsam von Zimmer zu Zimmer und stehen nickend da, sie bewundern offensichtlich Todds Werk. Das alte Haus – Todd hat ihm wirklich einen Bärendienst erwiesen. Ich beneide die neuen Bewohner nicht. Es sind Hippies oder Zigeuner oder Siedler oder was auch immer, und sie haben bereits damit begonnen, sich dort draußen so gut wie möglich einzurichten. Tut mir leid, Jungs. Wie war das doch gleich mit der Regel, daß man das Bad so verlassen solle, wie man es vorgefunden hat? Na ja, wir haben unseren Teil gespielt, so oder so. Man kann es nicht leugnen, dieser Ort ist ein einziges großes Scheißhaus.

Um das Bild abzurunden – wir erleiden eine Reihe von Degradierungen bei den AMS. An einem Freitagnachmittag übergebe ich meinen cremefarbenen Baumwollkittel und schlüpfe in so eine Art Fleischerschürze, vielsagend und namenlos beschmutzt. Eines muß man der neuen Stellung ja lassen: Sie hielt uns ein wenig von der medizinischen Schnippelei fern. Sie brachte uns stattdessen in den Vorratsraum, zu den Müllverbrennungsöfen, dem Lastwagen, der den Müll aufnimmt, und der städtischen Müllkippe. Hinten im Raum mit dem Heißwasserbehälter und den Fünfzig-Liter-Säcken kremple ich die Ärmel auf und wühle in den Haufen aus blutigen

Verbänden und blutigem Pflaster, zerbrochenen Phiolen und Spritzen, zerdrückten Bakterienkulturen. Gleichfalls erhält man Zeugs aus der Müllverbrennungsanlage, wo ich beschäftigt bin. Dann verteile ich den Müll in die jeweiligen Behälter und fahre sie im Gebäude herum, wo mich niemand kennt. Das bin ich, der blutbespritzte Trottel mit den Fabrikhandschuhen. Ich stinke wie eine größere Operation. Mein ganzes Wesen scheppert und klappert von zerbrochenem Glas, aber das ist schon in Ordnung so, denn obwohl sie mich riechen, sehen und kennen sie mich nicht.

Wir sind jetzt so gut wie unsichtbar. Vielleicht ist das der Sinn dieses Vorgangs: die Suche nach der Unsichtbarkeit. Man kann sie, die Unsichtbarkeit, eine Zeitlang finden, in einer Menge oder hinter der verschlossenen Tür des Badezimmers (wo aufgrund einer allgemeinen Übereinkunft während jener schweren Transaktion jeder unsichtbar ist) oder wenn man liebt; oder man kann sie hier unten finden, wo man unbekannt ist. Jo, mein Kollege in der Beseitigung (alt, fett, schwarz und durch nichts aus der Ruhe zu kriegen, ist fasziniert von der Hitze des Verbrennungsofens. »Hallo!« »Jo!« »Jo!« »Hallo!«), kennt mich. Und Dr. Magruder funkelt manchmal durchdringend in meine Richtung, wenn ich meine Runden drehe. Freundloser Friendly. Wir bewegen uns reibungslos, mit gesenktem Kopf, sehen zu Boden. Wir sind definitiv auf dem Weg nach draußen.

Ist es so, daß das menschliche Wesen insgeheim nichts ist ohne die anderen? Er verschwindet. Selbst Jo sieht mich jetzt merkwürdig an, als sei ich nicht ganz da. Der einzige Körper, den wir jetzt haben, ist unser eigener. Und wenn wir schlecht sind und man uns nicht sehen soll – warum sehen wir dann immer besser aus?

Es ist Abend, und ich fahre jetzt mit der Bahn Richtung Süden. Der amerikanische Teil des Atlantiks bleibt hinter mir zurück. Die Geschäfte sind abgeschlossen. Ich weiß nicht, wohin wir fahren: Auf unserer Fahrkarte, mit einem verächtlichen Schnipser kam sie aus dem Abfalleimer der Bahnstation geflogen, steht der Name unseres Ausgangspunktes, nicht unseres Ziels. Ich habe das Gefühl, daß etwas Ähnliches mit mir und Todd stattfindet, mit unserer Identität. »Todd Friendly«, Todd Friendly grunzt den Namen immer und immer wieder, ohne den Mund dabei zu öffnen, als wolle er sich an ihn erinnern oder ihn lernen. Unser jämmerliches Reisegepäck: ein untragbar schwerer Koffer voller Kleider und Geld und unserer menschlichen Überbleibsel; und ein Körper, verklumpt von verrottetem Adrenalin. Bei jeder raschen Bewegung eines der anderen Körper in unserem Waggon verschließt sich Todds Herz wie eine Auster. Es transportieren Herz und Zug . . . Scheiße, da kommt die breite sergebespannte Schulter des Schaffners, mit gesenktem Kopf kontrolliert er die Fahrkarten. Oh, wir fühlen uns wirklich nicht sonderlich gut. Er locht meine Fahrkarte und geht mit fragendem Blick davon. Vielleicht wäre es besser, wenn wir uns andersherum hinsetzten? Der Zug hämmert ›Todd Friendly Todd Friendly Todd Friendly . . .‹

Halt ihn an. Halt den Zug an! Irgendwie glaubte ich mich in einem Zustand, bereit für eine Zerreißprobe. Bereit zum fortgesetzten Abstieg – aber auf einem weniger steilen Gefälle. Jesses, meine armen bourgeoisen Befürchtungen: ein weiterer unerwünschter Wohnort, vielleicht, weitere Gesellschaft aus den unteren Schichten (wenn überhaupt) oder vielleicht (ich sah dem entgegen mit der Miene eines Märtyrers) das Leben auf der offenen Straße. Aber *sachte!* Todds Hormone befinden sich im Traumzustand, sie winseln in einem Alptraum. Vielleicht ist unser Ziel also das folgende: der weiße Kittel und die schwarzen Stiefel, das leicht erregbare Baby, der besudelte Kittel an seinem Haken, der Schneeregen der Seelen. Die Baracke, worin etwas tödlich Trauriges entschieden wird. Jeder träumt davon, daß einem etwas zustößt. Das ist so einfach. Viel schwerer ist es, sich vom Traum zu erholen, daß man jemandem etwas antut . . . Amerika fegt am Fenster vorüber, Viehherden, Wälder, Weizen, Angebote einer jüngeren Welt. Mit zunehmendem Eifer suche ich nach Ruhe – beim Ozean, nicht bei dessen unruhiger Oberfläche mit den ausgefransten Enden, sondern in den verborgenen Tiefen, zu denen am Ende alles zurückkehrt.

Es muß New York sein. Dorthin fahren wir: nach New York und seinem stürmischen Wetter.

Er reist seinem Geheimnis entgegen. Parasit oder Reisender, ich fahre mit ihm dorthin. Es wird schlimm werden. Es wird schlimm werden und nicht leicht zu verstehen. Aber eines werde ich in Erfahrung bringen (und diese Gewißheit zumindest beruhigt mich): Ich *werde* erfahren, wie schlimm das Geheimnis ist. Ich werde die Natur des Verbrechens kennenlernen. Ich weiß bereits dies. Ich weiß, daß es etwas zu tun hat mit Müll und Scheiße und daß es in der falschen Zeit stattfindet.

III

Weil ich ein Heiler bin, heilt alles, was ich tue

Was die Taxen betrifft, so gibt es bei diesem Geschäft sicherlich nichts mehr zu verbessern. Sie sind stets da, wenn man sie braucht, selbst im Regen oder wenn die Theater schließen. Sie bezahlen einen im voraus, ohne Fragen zu stellen. Sie wissen stets, wohin man will. Sie sind großartig. Kein Wunder, daß wir ihnen am Ende sogar stundenlang einen Abschied zuwinken oder sie grüßen – diesen tollen Service begrüßen. Auf den Straßen wimmelt es von Leuten mit erhobenen Armen, die klatschnaß und erschöpft den Taxen danken. An der Sache ist nur ein Haken: Sie bringen mich stets dorthin, wohin ich nicht will.

Unsere ersten sechsunddreißig Stunden in New York waren hektisch, jedoch nicht erschreckend. Sie hatten wohl etwas mit unserer Identität zu tun. Eine neue zu bekommen. Oder die alte loszuwerden. Wir mußten gleichfalls in die neue Wohnung einziehen, von der ich sehr beeindruckt bin (und ich hoffe nur, daß es ein langfristiger Mietvertrag ist, aber in solchen Dingen bin ich unkonzentriert und überlasse alles Todd). Oder sagen Sie besser ›Todd‹. Todd wird nicht sehr viel länger mehr ›Todd‹ sein. Er wird diesen Namen umtauschen und einen besseren erhalten. Auf Wiedersehen,

Todd . . . Daraufhin machten wir gleichfalls die Bekanntschaft mit Nicholas Kreditor. Ich könnte nicht behaupten, daß ich weiß, welchen Sinn das alles hat. Wie dem auch sei, ich zeichne alles auf, ich gestalte es. Zu Beginn habe ich manchmal um mich selbst gebangt, aber nicht um die anderen. Bei unserer Ankunft in New York hat sich folgendes zugetragen.

Wir kamen im Untergrund der Stadt an: Grand Central, wo der Zug und die Passagiere seufzten, einer nach dem anderen. Die ersten Menschen stiegen eilig aus, während andere trödelten, sich für die Straßen wappneten. Todd hielt einige Minuten lang den Kopf gesenkt und machte sich dann aus dem Staub. Zwischen den Schatten auf dem Bahnsteig verrenkte er immer wieder den Hals – zum erstenmal in seinem Leben versuchte er anscheinend zu sehen, wohin er ging. Das Resultat war: Er lief ständig in andere Leute hinein. Seine Verbeugungen, sein Erröten, seine blumigen Entschuldigungen. Er drängelte sich in die Schlange am Fahrkartenschalter – seine Fahrkarte brachte 18 –, blieb jedoch in der Schlange stehen, ließ den Kopf wie ein Kleinkind ungeduldig hängen, ehe er sich in die Tunnel absetzte, wo sich Geschäft an Geschäft reihte. Draußen hielt flott das Taxi, wie sie es stets tun. Und wir reisten erneut, durch Schluchten, unter Totempfählen. Warum nicht, dachte ich nervös, mit einem Besuch des Empire State Building oder der Freiheitsstatue den Anfang machen? Aber das wäre *sehr* altmodisch gewesen. Es war November. Die Menschen hatten ihre Winterfelle angelegt, und die hohen Gebäude zitterten vor Anstrengung, das Gleichgewicht zu wahren.

Die neue Wohnung bestand aus einem einzigen Raum von der Größe einer kleinen Lagerhalle. Tisch und Schreibtisch aus massivem Holz, niedrige, schwarze

Ledersessel, Aktenschränke, das Bett wie ein Laufstall. Anders als unsere vorhergehenden Besitztümer hatte sie Persönlichkeit. Sie war maskulin. Humorlos, hygienisch und maskulin. Der Mann, der hier gewohnt hatte, hatte seine ganz bestimmten Allheilmittel-Theorien über seinen Joghurt, seine Kniebeugen, seine FKK-Ferien. Na ja – sei's drum –, jetzt ist es an der Zeit, hätte man denken sollen, daß Todd und ich die Schuhe davonschleuderten und ein Gefühl für diesen Ort bekämen. Aber nein. Wir mußten die Frage nach unserer eigenen Persönlichkeit in Ordnung bringen. Und im zweiten Taxi, Richtung Osten, während ich mir die Besatzung betrachtete, jene, die gesichtslos sind, und jene, die *nur* aus Gesicht, Haaren und Gesten bestehen, fragte ich mich, ob jedermann eine neue Identität benötigte, wenn er nach New York kam. Oder waren's nur wir. Nur er. Nicht mehr länger ›Todd‹. Der Name draußen an der Klingel, der Name an der Tür, der Name auf den Umschlägen unter der Schreibtischlampe: überall hieß es John Young, John Young, John Young. Papierfetzen, aus der Stadt herkommend, wirbelten zum Wagenfenster herein. Wir heilten sie mit unseren Arzthänden und verteilten sie über unsere Person. Briefe, Mitgliedsausweise, Rechnungen, Rezepte. Auf allen stand ›John Young‹. Was war sonst noch da draußen? Autos, natürlich. Natürlich Autos. Autos, Autos, Autos, so weit das Auge reichte.

Der nächste Halt war der Ausweisladen, der Ausweis-Keller, tief drunten, man konnte es schwer dort aushalten, in der scharfen und trockenen Hitze einer Belüftungsanlage, und weiter hinten gedämpftes Hin- und Hergeschiebe, das Schnaufen und Keuchen versklavter Maschinerie. Wir verhandelten mit einem altklugen Jungen, einem Spezialisten, einem städtischen, idiotenhaften Weisen, der ein fingerhutähnliches Monokel trug. An einem gewissen Punkt, etwas früher, zählte dieses Kind Geld hin und sagte so etwas wie ›Sie haben keine andere Wahl, und wenn es Ihnen nicht paßt, so können Sie ja mal die Preise vergleichen‹, nachdem wir gesagt hatten, und zwar in einem Tonfall, den ich nie zuvor gehört hatte, mit einer Stimme, die nicht länger mehr vorgab, nett zu sein, ein Tonfall, worin all die Anstrengung mitschwang, so lange Zeit so nett gewesen zu sein: »›Todd Friendly‹? Was zum Teufel issen das für 'n beschissener Name?«

»Hier«, sagte der Junge. »Sauber.«

Wir mußten immer wieder weggehen und zurückkehren.

Der schale Geruch im Keller wurde immer schlimmer, und immer schwerer fiel es uns, den Weg nach draußen zu finden. Wir versuchten zu essen. Wir fischten irgendwelches Zeugs aus dem Abfalleimer im Washington Square Park, ein Sandwich, einen fast ganzen Apfel, bis auf ein abgebissenes Stück, dann zum Supermarkt, wegen der Dollars und Cents. Die Zeit verstrich. Zeit, die menschliche Dimension, die uns zu all jenem macht, was wir sind. Bis hin zu diesem letzten Austausch.

»Na gut«, sagten wir mit vielleicht unangemessener Bitterkeit, während uns der Junge unsere neuen Papiere übergab, plus einem ganzen Batzen Geld. »Ich bin in deiner Hand.«

»Das Doppelte.«

»Und wie?«

»Hoffentlich hat er Ihnen gesagt, wie es mit dieser Am-selben-Tag- Scheiße läuft. Noch dazu am Wochenende.«

»Gut.«

»Ja. Vom Reverend.«

»Du hast von mir gehört. Mein Name ist John Young.«

Und so war's. Mein Name ist John Young.

Der längste Tag, es war wirklich der längste Tage seit langem. Die Zugfahrt schien bereits Jahre entfernt, ebenso Wellport, ebenso das Alter. Aber John Young konnte nicht schlafen. Unter dem Lärm vieler Autos und weniger Vögel schwand die Dämmerung. Und John Young lag da, wollte, daß die Furcht vorüberginge. Vorüber . . . Ich dachte an die Schachspieler im Park, wo wir so viele Stunden lang gesessen hatten, die Schachspieler, bei weitem bunter als die Figuren, die sie herumkommandierten (die Spieler standen nicht aufrecht, nicht geordnet, sondern murmelten, latschten herum, waren von der Gestalt eines Rhomboiden). Tatsache, jedes Spiel beginnt in völliger Unordnung und durchläuft Stadien von verzerrten Gesichtern und Gegeneinander-Arbeiten. Aber die Dinge lösen sich auf. All die finsteren Blicke und das Beiseite-Drücken und die angespannte Haltung, all die Qual – alles löst sich auf. Ein letzter Zug mit dem weißen Bauern, und die vollkommene Ordnung ist wiederhergestellt; die Spieler sehen schließlich auf, lächeln und reiben sich die Hände. Die Zeit wird's ans Tageslicht bringen, und ich lege mein ganzes Vertrauen in die Zeit, absolut. Wie es die Schachspieler tun, natürlich, jede Bewegung legitimiert durch die schlagende Uhr.

Gott sei gedankt. Er pennt. Wie ein Baby. Obgleich ich natürlich noch immer hier bin: Selbst in der Dunkelheit halte ich ein Auge auf die Welt gerichtet. Manchmal – jetzt zum Beispiel – sehe ich auf Todd herab, auf John, wie es vielleicht eine Mutter täte (Mutter Nacht), und ich versuche, in der Unschuld und Ausgeglichenheit seines Schlafs Hoffnung zu finden. Also erwachen wir als neuer Mann. John Young. Johnny Young. Oder wie wär's mit *Jack* Young? Irgendwie gefällt mir das. Oha! Verspüren plötzlich keinen Schmerz. Greifen nach (hoppla) einigen klärenden Schlucken . . . Jesses. Wild Turkey-Whiskey.

Unsere Kleidungsstücke fallen von allen Seiten des Zimmers über uns her. Ein Schuh, wie eine schwere alte Kugel aus den Schatten herübergeworfen und geschickt aufgefangen, aus dem Gleichgewicht geraten und einhändig. Hosen, vom Fuß gefangen, wild herumgewirbelt und dann das Bein hinaufgetreten; diese Krawatte, wie eine Schlange. Mir war ziemlich schlecht, als wir ins Bad taumelten und nach dem Mundwasser herumfummelten. Daraufhin knieten wir uns vor den Altar der Schüssel – und zogen am Griff. Die Schüssel füllte sich mit ihren grauslichen Überraschungen. O Mannomann! Wir hatten so etwas schon ein- oder zweimal zuvor getan, wie ich mich lebhaft entsinne. Für mich scheint dies das Äußerste, was man einem menschlichen Körper abverlangen kann. Jetzt legten wir Trost suchend die Stirn auf das Porzellan und stießen ein paar Mal säuerlich und angeekelt auf. Und würgten es hinab. Wie man daraus schließen kann, besteht die Voraussetzung für Alkoholmißbrauch darin, daß das Bewußtsein oder das Selbst oder die Körperlichkeit unerträglich ist. Aber es *ist* unerträglich. Mit Sicherheit, wenn man durch und durch moralisch korrupt ist. Hier gleich noch einmal, Bewußtsein, Erschöpfung, vielgestaltig, unerträglich.

Wir gingen hinaus nach New York City, trieben uns in der Stadt herum und spuckten in einer Bar nach der anderen alles aus. In den ersten paar Kneipen, wo wir's versuchten, wollte man uns nicht bedienen, was nicht weiter überraschend war, denn wir kamen lauthals brüllend zur Tür herein, oder versuchten es zumindest, in unserem neuen, falschen Tonfall. Unterwegs gab's, wie ich mich entsinne, ein ziemlich ruhiges Zwischenspiel in irgendeiner Gasse, während dessen wir uns erholten, indem wir auf einem Haufen Kartons herumstapften; dann sammelten uns zwei junge, joviale Männer auf und begleiteten uns zurück ins Geschehen. Als nächstes machten wir uns daran, nachzusehen, was denn zum Teufel noch mal in ein paar anderen Kneipen weiter unten in der Straße los war. Ich verstehe recht gut, warum John mehr als erregt war von New York, wo sich des Nachts das Leben in allen seinen Farben und Widerspiegelungen in den Straßen ausbreitet und sich nicht hinter glänzenden Fensterscheiben verschließt und niederduckt. Wie dem auch sei, gegen sechs Uhr war er wieder in Form. Draußen vor der letzten Bar wartete erbarmungslos das Taxi, der Fahrer mit wachsamem Gesichtsausdruck. Er wartete darauf, mich irgendwohin zu bringen, wohin ich nicht wollte.

Wie der Fahrer, so wußte auch ich, wohin wir fuhren, ohne daß man's uns gesagt hätte. Wir kletterten die Feuerleiter der Seventh Avenue über die Sprossen der Querstraßen empor, in die Wohnviertel, dann ging's die schwingende Strickleiter des Broadway entlang. Dies muß Nicholas Kreditor sein, unser Wetterfrosch, und das Hotel Imperial.

Der Mann, der Reverend, war groß, gutaussehend, traurig und energisch. Er hatte das ausgeprägte, bildschirmfüllende Gesicht eines Politikers. Nicht daß er damit weit gekommen wäre in den USA, zumindest nicht in diesen Tagen. Die Hautfärbung stimmte nicht, der Tangolehrer-Schnauzbart stimmte nicht. Sogleich dachte ich, daß etwas Pathetisches und Obszönes an seinem dicken, burgunderfarbenen Anzug sei, bei dem man sich fragte, welche Art von Kleidung oder Uniform er sonst noch gern trug. Seine schwarze Krawatte wurde von einer goldenen Nadel in der Form eines Kruzifixes gehalten. Über den ganzen Raum waren weitere religiöse Accessoires verteilt, und an den Wänden hingen idealisierte Wiedergaben von Szenen aus dem Neuen Testament. Wir saßen ihm gegenüber auf der Besucherseite eines Schreibtischs mit ledernem Bezug. In diesem inneren Zimmer standen unheilverkündend zwei Betten, ein Doppelbett mit gleichen Bezügen und Kissen.

Eine Weile sprach er über Details, Adressen; manche waren uns vertraut, manche nicht. Dann sagte er:

»Ich möchte einfach nur klarstellen, daß ich alles für völlig korrekt halte, worin Sie da verstrickt waren.«

John sagte dankbar: »Alles, was ich jemals tun wollte, war, den Menschen zu helfen.«

»Sie werden Ihre schöne Arbeit fortsetzen können. Das garantiere ich Ihnen.«

Er garantierte es. Mit einem müden Achselzucken. Das Imperial war voller alter Menschen. Es war ein Hotel für alte Leute. Wir hatten es beim Heraufkommen gesehen und gespürt, ihr vorsichtiges Gehabe, ihre einmütige Unentschlossenheit. Der Bürosuite sowie seiner strikt auf den Ort beschränkten Ausstrahlung nach zu urteilen, nahm ich an, daß die alten Leute zum Teil unter Kreditors Obhut standen. Ich garantiere es . . . Man konnte sich vorstellen, wie er eine Menge Dinge garantierte oder zumindest sagte, er garantiere eine Menge Dinge.

John sagte: »Ich möchte wirklich weiter den Menschen helfen.«

»Machen Sie einen sauberen Schnitt, und fangen Sie anderswo wieder von vorn an. Ein weiterer Vorteil ist, daß Sie keine Familie haben.«

»Ist das nötig?«

»Es ist jedoch besser«, sagte er, »New York einfach zu verlassen. Bislang ist alles eine Sache des Bundesstaats. Wir reden nicht von San Cristobal. Wir reden von New Jersey. Wir reden noch nicht einmal von Kanada.«

»Das habe ich nicht nötig.«

»Unsere Unterstützung könnte die Form eines Beitrags für einen Verteidiger und legale Hilfe annehmen.«

»Was würden Sie mir raten?«

»Dem Immigration and Naturalization Service, der Einwanderungs- und Einbürgerungsbehörde. Um Ihre Staatsbürgerschaft aufzuheben.«

»Erklären Sie!«

»Schlimmster Fall: Die Justizbehörden stellen einen Antrag beim INS.«

Der Reverend hielt inne. »Gott möge das verhüten«, sagte er und tippte mit einer plumpen Fingerspitze auf die kreuzförmige Krawattennadel. Einen Augenblick lang wirkte er wieder traurig und machtvoll. Vielleicht die Traurigkeit eines Predigers oder Schamanen, der, obgleich in ständiger und engster Berührung mit der spirituellen Welt der Engel und Dämonen, oftmals vom Gedanken an die eigene Talentlosigkeit niedergedrückt wird – wenn es gegen deren Tugenden und Zauber, deren Unglücksbringer, deren bösen Blick geht.

»Die einzige Gefahr besteht gegenwärtig darin«, fuhr Kreditor fort, »daß die Presse davon Wind bekommt, wie bei dieser armen, armen Dame in Queens.« John wartete. Er starrte das Doppelbett an. Dann wandte er sich sowohl rasch als auch jäh dem Reverend zu – der ihm nun ein Photo hinhielt, worauf wir nur einen ganz kurzen Blick werfen durften. Gott sei gedankt. Dieses Photo, dieses kurze Vorbeihuschen, nur ein ganz knapper Blick: Ich konnte wohl sagen, daß es eine außergewöhnliche Information enthielt. Es war schwarz-weiß. Es ging um Macht. Zwölf Männer waren darauf abgebildet, in unmißverständlichem Zustand. Zwölf Männer, jedoch zwei unterschiedliche menschliche Typen, gleichstark vertreten, sechs vom einen Typus, ein halbes Dutzend vom anderen. Der erste Typus hatte Macht und war sich in seiner Anzahl sicher. Der zweite Typus hatte keine Macht – es war eine Anzahl, jedoch ohne Sicherheit: Die Anzahl garantierte lediglich Jammer und Schwäche. Der erste Typus sagte schweigend etwas zum zweiten Typus. Sechs Männer sagten zu den anderen sechs: Was uns auch sonst noch immer voneinander trennen mag, was auch sonst noch immer zwischen uns liegen mag, nur eines zählt. Wir gehören zu den Lebenden, ihr zu den Toten. Wir sind die Lebenden, und ihr seid die Toten. Die Toten.

»Soso. Alles, was Sie haben, ist dies, und das ist dreißig Jahre alt, sowie die beiden sogenannten Zeugen.«

John wartete.

»Nichts«, sagte John.

»Was, nichts?«

»Ich *hatte* kein Vorstrafenregister.«

»Der übliche Haken: Haben Sie gelogen, was Ihr Vorstrafenregister betraf?«

»Aha.«

»Es geht um die Form Ihrer Befragung anläßlich Ihrer Naturalisierung in den USA.«

»Weiter.«

»Da ist was heiß«, sagte Kreditor.

Und ich fragte mich, ob er die Hitze meinte, die Johns Körper überlief. John blickte jetzt scheu beiseite und sagte: »Meine Mutter ... « Kreditor war anscheinend interessiert. »Das ist ein Pluspunkt für uns.«

»Meine erste Sprache.«

»Na klar, stimmt. Ich erinnere mich. Sie waren derjenige ohne Akzent.«

Die beiden Männer standen auf und schüttelten sich die Hände. John sagte:

»Ich werde Ihnen die Wahrheit sagen. Gestern ging's mir besser.«

»Sir, wie geht es Ihnen heute?«

»Reverend.«

»Doktor.«

John und ich kehrten in unser neues Heim zurück, aber es fiel mir zunächst schwer, einen gewissen Gefallen an diesem Ort zu finden (der weite Ausblick zum Beispiel), und zwar aufgrund Todds gegenwärtigem Zustand. Es wäre schön gewesen, wenn es mir möglich gewesen wäre, ihm aus dem Weg zu gehen. Wie ich weiß, hätte es eine Frau, so jemand wie Irene, schrecklich gefunden, ihm so nahe zu sein. Also können Sie sich wohl vorstellen, wie es war, in ihm drinzustecken.

Dann rief der Reverend an und teilte uns die Neuigkeit mit, daß das Wetter allmählich stürmisch wurde, und ich dachte, er sei wohl die letzte Person, von der wir etwas hören wollten. Danach jedoch, na ja, danach war alles ein lindes Seelüftchen. Der Nachmittag verlief in zufriedener Einsamkeit, TV, Zeitung, die Inspektion diverser kleiner Merkwürdigkeiten: Mülleimer, Zehennagel, Hemdknopf, Glühbirne. Bewußtsein *ist nicht* unerträglich. Es ist etwas Wunderbares: das ewige Werden und Vergehen mentaler Zustände. Frieden . . . Gegen Mittag nahm John ein Verhalten an, das mir wohlbekannt war: Er streckte sich, kratzte sich, seufzte zufrieden. Was bedeutete, er war dabei, zur Arbeit zu gehen.

Ich konnte ihm beim Umkleiden lediglich zuschauen. Der kurzärmelige Schürzenlatz, der weiße Kittel. Ich sah mich nach den schwarzen Stiefeln um. Lediglich weiße Clogs. Was davon erhoffen? John war jetzt makellos sauber und der Welt gegenüber völlig aufgeschlossen.

Während er die fünf Straßen entlangging, versuchte niemand, ihn aufzuhalten. Der Himmel über seinem Kopf weinte nicht, noch schnitten ihm die pausbäckigen Wolken unheilvolle Gesichter. Dasselbe galt für den Boden, den Beton, der sich nicht auftat, ihn zu verschlingen oder zu begraben. Und desgleichen der Wind, der sich als sanfter Zephir um uns schmiegte, kein teuflischer Atem, kein Hurrikan. Ich könnte lediglich das hoffnungslose Weinen eines Kindes anführen, den entsetzten Blick eines schwarzen Herumtreibers auf der dreizehnten und siebten Straße, und die Weise, wie alle Fußgänger, Stadtbenutzer, Tragöden der Straße – die Weise, in der sie anscheinend alle auf der Flucht waren, und die Uniformierten (jene, die verantwortlich sind), die sagen: *Kümmert euch nicht um uns. Wir reißen lediglich ein Gebäude ab* oder *Wir legen gerade ein Feuer* oder *Wir reißen gerade die Autobahnen auf* oder *Wir verstreuen lediglich Müll.* Hier ist das Gebäude, mit Portiers, Trägern, Angestellten an der Aufnahme, Lieferanten, eiligen Sanitätern, die wissen, wer wir sind. Dr. Young. Denn wir, wir, wir! – wir zerstören den menschlichen Körper.

In solchen Zeiten, schließe ich, kann die Seele nur in der Dunkelheit hängen, wie eine weiße Fledermaus, und der Dunkelheit den Tag überlassen. Darunter tut der Körper, was er tut, mechanisch gibt er dem Willen und den Muskeln Kraft, während die Seele wartet. Es muß beruhigend sein – sicherlich für Todd – anzunehmen, daß es *dies hier ist.* Das hier ist der Hauptvorwurf in den Träumen Todd Friendlys oder John Youngs, wo die Halbtoten in Reih und Glied stehen und eine weißbekittelte Gestalt Macht, Grausamkeit und Schönheit ausstrahlt, zusammen mit allem, was nicht mehr kontrollierbar ist. Aber die Träume haben gelogen. Ich hatte geglaubt (ich war mir sicher gewesen), unser Übergang sei irgendeine Art von Abschied. Ich hatte ihn für außerhalb jeglicher Gesetze liegend gehalten, ein Hinausgehen aus der Gesellschaft, die Erschaffung eines eigenen neuen Universums. Ich kann mir Todd/John einfach nicht als *lebenslangen* Kriminellen vorstellen. Und dennoch erweist es sich als derselbe alte Mist, nur noch schlimmer und mehr, immer wieder, erneut, weiterhin. Ich meine, wo ist die Grenze? Zeigen Sie mir diejenigen, welche die Sünde bis zum Äußersten treiben! Was kann man, kategorisch, dem Körper eines anderen *nicht* mehr antun? Ich will nicht behaupten, ignorant zu sein. Ziemlich viel von dem gleichen Scheißdreck regnete auf die AMS herab, wenn wir danach gesucht hätten, und natürlich geschah es überall in der Stadt und an wohlbekannten Orten: St. Mary's, St. Andrew's, St. Anne's. Es ist allgemein verbreitet. Es gehört allgemein zu Krankenhäusern. Niemand kann auch nur einen Augenblick lang so tun, als wisse er nicht, was da vor sich geht. Der Krankenwagen da draußen heult, daß es alle hören, sein Blaulicht wirbelt umher, fängt uns ein wie ein Lasso: sieht uns zu, wie wir alle von den Schrecken der Nacht wie gelähmt werden. Hinter dem orangenen Absperrband das Verbrechen, auf der Straße der mit Kreide gezeichnete Umriß eines menschlichen Körpers. Und hier sind wir in unserer Arbeitskleidung und liefern unseren Schadensfalls aus. Zurück, Leute! Nicht stören! Laßt uns tun, was wir tun müssen.

Die Luft im Krankenhaus ist lauwarm, und sie summt, und sie hat den Geschmack menschlicher Organe, die auf obskure Weise lahmgelegt oder fälschlicherweise konserviert werden. Wir Ärzte bewegen uns zwischen Decke und Fußboden, zwischen Neonlicht und quietschendem Linoleum. In den Gängen bekommt man ein Gefühl für die Notwendigkeit von Novocain; moralisch gesehen sind wir die kaltgestellte Zunge auf einem Zahnarztstuhl, der Mund so weit wie möglich für die Instrumente der Qual geöffnet, jedoch sprachlos. Im Operationssaal sieht man lediglich meine Augen. Hier bedecken die Männer ihr Haar mit Papierhauben, die Frauen mit Kopftüchern. An den Füßen habe ich weiße Clogs. Clogs. Warum Clogs? Ich trage meinen Chirurgenkittel, die hautengen Gummihandschuhe. Ich trage die Maske eines Verbrechers. Die Halterung meiner Stirnlampe ist mit einem Transformator auf dem Fußboden verbunden, der halb im Blut schwimmt. Die Schnur läuft mir den Rücken hinab, unter meinem Chirurgenkittel, und schlängelt sich hinter mir wie der Schwanz eines Affen, der Schwanz eines Satans. Mit unseren Augen sehen wir lediglich die Augen der anderen dort. Das Opfer ist unsichtbar, völlig zugedeckt: außer dem Stückchen, woran wir arbeiten. Wenn alles vorüber ist, waschen wir uns wie geübte Neurotiker die Hände. Das im Spiegel eingelassene Schild schreibt vor: JEDER FINGERNAGEL IST FÜNFZIGMAL ZU BÜRSTEN. DIE FINGERSPITZEN SIND HÖHER ALS DIE ELLBOGEN ZU HALTEN. JEDER STRICH ERFORDERT ZWEI BEWEGUNGEN. JEDER FINGER HAT VIER SEITEN. Daraufhin das fluoreszierende Licht im Umkleideraum, der Kordteppich und die Stahlregale, die Wäschekörbe sowie die fettesten Abfalleimer, die Sie je zu Gesicht bekommen haben, aus denen wir unsere zuvor verschmierten Instrumente fischen. Draußen in der Unfallstation ist's stets Samstagabend. Alles ist möglich.

Sie möchten wissen, was ich tue? Also gut. Irgendein Typ kommt mit einem Verband um den Kopf herein. Wir murksen nicht herum. Den haben wir bald herunter. Er hat ein Loch im Kopf. Was tun wir also. Wir stecken einen Nagel hinein. Den Nagel – einen schönen rostigen Nagel – erhalten wir aus dem Abfalleimer oder sonstwoher. Und führen ihn hinaus ins Wartezimmer, wo ihm gestattet wird, eine Weile herumzutorkeln und zu brüllen, ehe wir ihn zurück in die Nacht transportieren. Schon sind wir mit dieser Pennerin zugange, die wir hereinbekommen haben, wir schweißen ihr Nylonstrümpfe und Plastiksohlen auf die böse aussehenden Fußsohlen . . . Wenn wir mit den schlimmen Fällen fertig sind, können wir's kaum erwarten, sie hinauszubefördern. *Bahn frei!* Spielt keine Rolle. Es sind immer weitere da.

Stets habe ich das Gefühl, sie zu kennen. Zehnmal am Tag geschieht das. Ich habe stets das Gefühl, sie zu kennen, diese da, die auf Wagen hereingefahren oder auf Tragen hereingebracht werden. Warte mal! War das nicht Cynthia, die in dem Delikatessengeschäft gearbeitet hatte? War diese Frau nicht vielleicht Gaynor, die ich vom Liebesakt her kenne? Aber das ist doch sicherlich Harry, der Portier von der Met. Es geschieht alles so rasch. Vor lauter Gekreisch und krachender Rippen kann ich nichts verstehen. Wessen Kind ist dies? War das nicht das Kind, das damals in Wellport immer über die Straße gelaufen war? So viele Jahre. Langsam, Kinder!

Dann wiederum ist unsere Welt auf einmal sehr erfüllt, menschlich gesehen, erfüllt von Gesichtern und Stimmen. Jeder kennt mich. Dabei meine ich natürlich nicht die Opfer, die mich nicht kennen und die, für praktische Zwecke, nicht menschlich sind, sondern als interessante Einzelteile kommen, so daß sogar ihr Lächeln und Gähnen und ihr Stirnerunzeln Einzelteile sind. (Diese Angewohnheit zu glauben, ich kenne sie – als Menschen –, ist ein Irrtum und zudem unangemessen. Ich kenne sie nicht.) Sonst kenne ich jedermann. Zum erstenmal im Leben habe ich Freunde und Interessen, die jemand mit mir teilt, wie Baseball oder in die Oper gehen oder Partys geben, und ich sonne mich in meinen Privilegien. Alle diese Fremden kennen mich. Von Anfang an war das ganze Team hier im Krankenhaus instinktiv freundschaftlich und kollegial. Esprit de corps ist angesagt – sogar Idealismus. Das ›Gesellschaft‹ genannte Ding – es steht hinter uns. Wir sind Mittler zwischen Mensch und Natur. Wir sind die Soldaten einer heiligen Biologie. Weil ich ein Heiler bin, heilt alles, was ich tue, irgendwie. Das ›Gesellschaft‹ genannte Ding ist meines Erachtens wahnsinnig. Im Umkleideraum sind die stählernen Spindtüren gepflastert mit Briefen, die sagen: »Danke für Ihre Freundlichkeit, danke, daß Sie dafür gesorgt haben, eine harte Zeit leichter zu ertragen« und: »Wenn es euch alle da im Krankenhaus nicht gegeben hätte, weiß ich nicht, wie wir überlebt hätten.« Die Ärzte lesen diese Dankeschön-Schreiben mit Tränen in den Augen, besonders, wenn der Dank von der Hand eines Kindes ausgedrückt wurde. Nicht jedoch Johnny Young. Vielleicht weiß er, wie ich, daß die Briefe vorweg vergeben werden sollen. Die Kinder (»7 Jahre«) sind noch nicht hiergewesen. Sie werden nicht so dankbar sein, wenn wir mit ihnen fertig sind.

Wir haben viele Hobbys (das Leben ist erfüllter geworden und breitergefächert), aber unser Hauptinteresse außerhalb des Dienstes gilt, natürlich, den Körpern von Frauen. Frauenkörper, die Johnny um so vieles interessanter findet, um so viele Größenordnungen interessanter als alles andere zusammengenommen. Er ist nicht nur wegen einer Sache hinter den Frauenkörpern her, nicht Johnny. Er ist auch wegen all der anderen Dinge hinter Frauenkörpern her: Liebe, spirituelle Gemeinschaft, Verlust des Selbst, Erhöhung. Frauenkörper rufen alle feineren Gefühle in ihm hervor. Die Tatsache, daß ein Frauenkörper obendrauf auch einen Kopf hat, ist nichts weiter als ein Detail. Verstehen Sie mich nicht falsch: Er braucht den Kopf, weil der Kopf das Gesicht trägt und das Haar hervorsprießen läßt. Er braucht den Mund; ganz dringend braucht er den Mund. Und was den Inhalt des Kopfes betrifft, na ja, Johnny braucht ein paar von den Dingen, die darin wohnen: Wille erlangen, Perversität. Insofern, als sich Sex weitgehend im Kopf abspielt, braucht Johnny den Kopf.

Ursprünglich wollte ich einen distanzierten Tonfall anschlagen. Irgend etwas wie: Was Johns Sexualleben während unserer Jahre hier in der Stadt betrifft, so soll es genügen zu sagen, daß er mit einer Menge Krankenschwestern ein Stelldichein hatte. Aber das reicht nicht aus. So etwas zu sagen reicht niemals aus. Das mit den Krankenschwestern stimmt übrigens, nur nebenbei. Oder es stimmt bei den Krankenschwestern, mit denen sich John trifft, und sie sind anscheinend alle ziemlicher Durchschnitt. Die Arbeit ist für mich die Hölle, aus meiner Sicht gesehen ist sie absolut lusttötend, aber Krankenhäuser sind erotisch – das sagen alle. Damit ziehen sie sich immerzu gegenseitig auf. Blut und Körper, Tod und Macht. Sie können vermutlich den Zusammenhang erkennen. Sie bringen sich selbst mit der eigenen Sterblichkeit in Einklang. Sie tun das, was wir alle hier auf Erden zu tun haben: Sie bereiten sich auf ihren Tod vor. Darum das fatale, das tödliche, das lebensbestimmende Interesse des Doktor Young an Frauenkörpern. Was sonst könnte an Frauenkörpern sein, abgesehen davon, daß sie so unglaublich interessant sind?

Hier über New York liegt ein Hauch feuriger Gewalt, wie über allem anderen in dieser Stadt, der nicht, wie in der anderen Stadt, nachlassen will und unschuldiger und weniger verrückt und weniger schmuddelig-farbenfroh wird. Das läßt unser früheres Werben – da blühte die Liebe traurig auf einem Parkplatz oder unter bitteren Worten vor einer Schaufensterscheibe, und der Regen tröpfelte – richtiggehend ritterlich erscheinen. Zum Beispiel. Er steht um zwei Uhr auf und riskiert einen Spaziergang. Wir sind auf der Sechsten Avenue und rauchen eine prosaische Perfecto und kümmern uns um unsere eigenen Angelegenheiten – da biegt John in die zweiundzwanzigste Straße ab, läuft los und verliert dabei die Hose . . . Was *jetzt*? Die Hose schlabbert ihm um die Knie, als er die Doppeltür des Sandsteinbaus zuschlägt, und um die Knöchel, als er so schnell wie möglich die erste Treppe hinaufstolpert. Wir hüpfen direkt in diese Wohnung, direkt in das hellerleuchtete Schlafzimmer – und drehen uns um. Ich muß schon sagen, die Situation wirkt nicht sehr vielversprechend. Schön und gut, im Bett liegt eine Frau. Aber es ist auch ein Mann dort. Vollständig bekleidet, wie ein Riese sieht er aus in seinem mitternachtsblauen Anzug aus Serge und der spitzen Mütze, er kniet über ihr und schlägt ihr mit der behandschuhten Hand rhythmisch ins Gesicht. Nein, das sieht nicht im geringsten aus wie etwas, das uns schmeckt. Behutsam schlüpft John aus den Socken und dem Hemd. Eines müssen Sie ihm zugestehen: Er bewahrt die Ruhe und schätzt die Situation ein. Jetzt bewegen sich die beiden Männer seltsam hintereinander her; und John steigt ein wenig einschüchternd ins Bett. Der andere Kerl starrt uns mit erhobenem, brennendem Gesicht an. Dann brüllt er ein bißchen und schreitet hinaus – obwohl er innehält und nachdenklich das Licht ausschaltet, als er das Zimmer verläßt. Wir hören die Tritte seiner Stiefel auf den Stufen. Die Dame klammert sich an mich.

»Mein Mann!« erklärt sie.

Was soll's? Sofort dringt John in sie ein. Mit null Vorspiel. Kein Haarestreicheln oder Seufzen oder Kummervoll-an-die-Decke-starren, nicht für sie. Kein extralautes Knurren oder so etwas, nicht für dieses Liebchen . . . Bald danach tritt sie eine Stelle im Krankenhaus an. Schwester Davis. Wir treffen uns immer noch mit ihr. Ihr Mann, Dennis, ist Nachtwächter. Sie sagt immer wieder, wie froh sie ist, daß Dennis nichts von uns weiß, und daß sie hofft, er möge es auch niemals herausfinden. Was ist mit ihnen los, mit den menschlichen Wesen? Sie erinnern sich vermutlich an das, woran sie sich erinnern wollen. In unserem Fall sollten John und ich uns gegenseitig dankbar auf die Schulter klopfen wegen dieser menschlichen Fähigkeit zu vergessen: zu vergessen, nicht als ein Erosions- oder Verrottungsprozeß, sondern ganz aktiv. John vergißt, Schwester Davis vergißt. Der Ehemann, Dennis, vergißt, während er auf dem Weg zur Arbeit vor Kälte zittert, auf die Nacht aufzupassen.

Zum größten Teil aus Pflichtgefühl suche ich nach einer Verbindung zwischen den beiden Interessen, zwischen den beiden Arten von weiblichen Körpern. Der eine Körper wälzt sich auf einem Haufen Kissen, mit warmem, ungerichtetem Blick und dem Duft frischgebakkenen Brotes (da lasse ich nicht mit mir darüber reden: Frauen *sind* großartig); der andere Körper liegt flach ausgestreckt und kalt auf dem Tisch, über dessen Unterkante das Blut rinnt, wie ein Sonnenuntergang. John behandelt beide, und beide Male verdicken sich seine animalischen Teile. Hier ist noch eines, denkt er offenbar. Ein weiteres Gesicht mit Haar wie eine Brautschleppe. Ein weiterer Schenkel von erstaunlicher Macht. Ein weiterer weiblicher Leib.

Die Kinder im Krankenhaus, in den Wartezimmern, wo das Licht niemals ausgeschaltet wird, wo die kleinen Opfer, die wir geduldig deformieren, unter Medikamenten und verloren und nervös liegen – die Kinder fertigt John äußerst rasch ab. Er eilt durch die Abteilungen, schnappt sich Spielzeug und Lutscher und grinst dabei wie ein Totenschädel. Keinerlei Gefühlsregungen. Nur die Männer können ihn erreichen. Komisch genug. Er begegnet ihrem Blick mit einem Ausdruck, der fast alles zugibt. Zugibt, daß sie ein Recht haben, das er hiermit verletzt. Und worin besteht dieses Recht? Es ist das Recht, zu leben und zu lieben.

Bei den Männern ist die kulturelle Schauspielerei des Arztes am gefährdetsten. Abrupt sieht er sich in Frage gestellt, dieser heimliche Glaube der Ärzte, daß sie nämlich jene besondere Macht ausüben müssen; denn wenn die Macht ungenutzt bleibt, wird sie die Anker lichten und sich gegen das Leben der Ärzte selbst richten.

Carter war eine Ausnahme, in dieser Hinsicht und in jeder sonstigen Hinsicht, aber gewöhnlich hatte ich das Gefühl, etwa im gleichen Alter wie der jeweils regierende amerikanische Präsident zu sein. Man sagte, ich ähnele Gerald Ford, obgleich ich natürlich jetzt viel besser aussehe. Ich war jünger als LBJ, zumindest anfangs, und ich bin wesentlich älter als JFK, der sogar noch besser aussah als ich. JFK: von Washington hergeflogen und von den Messern der Ärzte und den Kugeln der Heckenschützen zusammengeflickt, zurückgebracht auf die Straßen von Dallas und als Held willkommen geheißen.

Trotz der Jahre der ständigen Abrüstung reden sie jetzt alle wieder von einem Atomkrieg, besorgter als je zuvor. Ich wünschte, ich könnte Sie beruhigen. Es wird nicht geschehen. Also: Stellen Sie sich doch einmal die Vorbereitungen vor, die getroffen werden müssen. Keiner hat bislang überhaupt damit angefangen. Niemand ist bereit.

Erinnern Sie sich der Punks? Die waren bereit. Die Experimente der Demütigung, die sie an den eigenen Gesichtern vornahmen – die Nadelstiche, die Blässe. Die Punks haben einen Anfang gemacht. Sie waren bereit. Aber sie sind vor Jahrzehnten verschwunden.

Einer kleiner Zwischenfall, den ich mitteilen möchte.

Ich bin im Wartezimmer der Kinderstation, plaudere mit Schwester Judge. Eine weitere Frau ist anwesend, eine Mrs. Goldman. Weil sie eine Frau ist, wirft ihr John von Zeit zu Zeit einen Blick zu: weil sie eine Frau ist. Sie ist jedoch gleichfalls eine Mutter: Ihr zu Füßen hat sie ein Baby, und sie hat noch ein weiteres Kind, ein drei Jahre altes Mädchen, dessen Hüften wir uns zu zerstören entschlossen haben. Das Mädchen liegt auf der Kinderstation und hat die untere Hälfte in Gips. Es war monatelang dort – es war ein Langzeit-Projekt . . . Mrs. Goldman liest eine Illustrierte, mit dem Baby ihr zu Füßen. Wir haben dieses Paar vorher schon gesehen. Das Baby schrumpft rasch, und es kann jetzt nicht mehr richtig krabbeln, obgleich man sich seine verzweifelten Versuche einmal ansehen muß. Aber warten Sie einen Augenblick. Das Baby *krabbelt*, wenn auch nur keuchend, ein paar Zentimeter – aber es krabbelt *vorwärts*. Hee! Jesses, wie lange hab ich's anders . . .? Egal, er ist bald vorüber, dieser lichte Augenblick. Die Mutter liest wieder rückwärts, und das Baby weint bloß. Es will die Windeln gewechselt haben, oder es ist hungrig. Es möchte die Windeln gefüllt haben, mit frischer Scheiße aus dem Müll. Ich bin unreif. Ich muß darüber hinwegkommen. Ich hege noch immer die Erwartung, daß die Welt einen Sinn ergibt. Sie ergibt keinen Sinn. Sie wird keinen Sinn ergeben. Niemals.

Man muß sich gegen Schmerz und Leid abhärten. Und zwar rasch. Am besten gleich sofort, spätestens.

Menschlich gesehen könnten wir das ohne die notwendigen Voraussetzungen nicht eine halbe Stunde lang ertragen. Wir sind da richtiggehend altmodisch. Zwischen dem lauwarmen Metall und den Fliesen des Umkleideraums oder zusammengesackt über den Pappbechern und den Kaffeekannen in der Kantine – Johnny ist da, unaussprechliche Spritzer über seinen ganzen Kittel verteilt. Unsere Opfer nennen wir Mumien, Amputierte und Brüche – und Wracks und Organspender.

»Nicht wie der Klumpen. Hast du den Klumpen gesehen?«

»Ah, sie ist nicht so schlecht dran.«

»Hast du die Aufgeklatschte gesehen?«

Es ist nicht viel, aber eines spricht für Dr. John Young. Er zieht kein Vergnügen aus seiner Arbeit. Das Selbst ist ein stummes Selbst: Es trägt einen Schutzanzug. Und das trotz der Überstunden, die er freiwillig ableistet. Die Meinungen über ihn gehen auseinander: Er ist ›unglaublich hingebungsvoll‹; er ist ›ein Masochist‹; er ist ›ein Heiliger‹; er ist ›ein verdammter Fanatiker‹. »Na ja«, sagt John und hebt leicht die Schultern, »man tut, was man kann, so gut wie möglich.«

Johnny ist stärker als die anderen Ärzte, die Pfleger, die Schwestern. Sie verlieren stets den Mut, sie stehen auf schwankendem Grund. Johnny braucht keine Ermutigung – aber er ermutigt seinerseits. Hier haben wir Byron, der mit seinem wallenden schwarzen Bart wie Pluto aussieht, und das Körperhaar sprießt üppig durch seine Achselbänder.

»Sprich dich aus, Byron.«

»Johnny, sieh her. Ich verliere ihn.«

»Wer hat dir denn gesagt, es wäre so einfach.«

»Ich bin diesem Scheißdreck nicht gewachsen.«

Und so weiter. Es hilft einfach nichts. Wie stets sind sie in weit schlechterer Verfasssung, wenn John fertig ist. Byron schwankt davon, sehr behaart, sehr sauber, er ringt die Hände wie eine unschuldige grüne Spinne in seinem Arbeitsanzug.

Und der Körper darunter ist stets so müde. Es findet niemals ein Ende. Ich arbeite viel mit Witney. Witney? Zweiunddreißig, groß, Lippen wie Gummi, mit Glupschaugen, sehr smart, jedoch ohne Kultur, also lediglich informiert: das ist Witney. Er hält sich für cool: Er spricht von Korea und daß das hier, damit verglichen, überhaupt nichts sei. Keine große Sache. Da war dieser Vorfall mit Witney, als, ich weiß nicht – ah ja! Wir hatten gerade einige Jugendliche total zugerichtet. Ihre

Mütter hatten sie hereingebracht und waren dann wie der Teufel verschwunden, bald nachdem wir mit der Arbeit begonnen hatten. Sie waren lediglich geblieben, um Zeuge zu sein, wie wir methodisch die blutgetränkten Verbände abpellten. Wir entfernten die Nähte und wischten die Jungen mit Blut voll. Ich entsinne mich, wie Witney geschickt so eine Art Armbrustbolzen einführte; ich selbst verkeilte Scherben braunen Glases im Hinterkopf des anderen Jungen. Und wir beide *konnten uns vor Lachen nicht mehr halten*, wie man so sagt: wir lachten einander an, voll ins Gesicht, zeigten zumindest mit Zahn und Zunge und Mandeln jene morbide Ausgelassenheit, die über alles kichert, was wir hier tun. Unser Gelächter, gemeinsam mit dem Schreien und Wimmern der Jungen. O ja. Und Witney sagt zu meinem: »Erwartest du einen Einbruch, Junge? Du siehst aus wie eine Gartenmauer!« Oder irgend so etwas, was uns wieder beruhigte, wie es Witze stets tun. Am Ende sorgt der Humor für Gleichmut, selbst wenn die Scheiße kübelweise auf einen herabregnet. Unsere Ausgelassenheit barg in sich das Entsetzen, natürlich tat sie das, das Entsetzen über die eigene Zerbrechlichkeit. Die eigene Verstümmelung. Wer wird dafür verantwortlich sein? Wie können wir sie umgehen? Bald darauf waren Witney und ich anderweitig zugange, mit Säge und Meißel, wir brachten ein absurd zerquetschtes Bein an einer unbekannten und verdeckten Gestalt an, am Oberschenkel, in einem Regen aus Blut, einem Schneegestöber aus Knochenspänen.

Die Stadt – es ist die Stadt, die sie wird heilen müssen, mit Messerklinge und Automobil, Totschläger, Gewehrschuß. Den hiesigen Leidenschaften, Liebe und Haß. Den losen Kabeln und dem losen Mauerwerk der telekinetischen Stadt.

Auf dem zweiten Stock der Wäscheraum, Bühne für Rendezvous und Quickies und das, was das Team hier *Kniezitterer* nennt, wenn man's im Stehen macht. Ich bin dort mit Schwester Davis gewesen. Jetzt gehe ich mit Schwester Tremlett dorthin.

Auf der vierten Etage sind zwei Erholungsräume, dort ist es normalerweise in Ordnung. Dort ging ich früher mit Schwester Cobretti hin. Ich hoffe, bald mit Schwester Sammon und Schwester Booker hingehen zu können. Manchmal gebe ich mir nicht mal die Mühe, mir den Kittel auszuziehen, der über und über beschmiert ist, wie von Bremsspuren. Ich pfeffere lediglich die Clogs in die Ecke.

Eine Krankenschwester mit Namen Elliot grinst mich ständig höhnisch an, ohne mir in die Augen zu sehen. Gestern nannte sie mich im Aufzug unterdrückt ein Arschloch. Ich kenne die Vorzeichen – wenn eine Frau mich an der Nase herumführt. Sie ist gerade in den Wäscheraum geschlüpft. Sie steht am Fenster, prüft ihr Gesicht in der silberfarbenen Puderdose. Ich gehe mit zitternden Knien zu ihr hinüber.

Nach der Arbeit wird John kurz bei diesen Krankenschwestern vorbeischauen, in ihren Appartements und Pensionen, in ihren Zimmern in den Schwesternheimen, aber nur die ganz besonderen Krankenschwestern können sich auf jeden Fall seiner ganz besonderen Aufmerksamkeit erfreuen. Bei den ganz besonderen Krankenschwestern praktiziert John einen deutlich anderen Liebesstil. Diesen Stil würde ich vor allem als *gründlich* bezeichnen. Man könnte sagen, es sei eine Rückkehr zu seinem früheren Stil, jedoch erweitert um ein größeres Durchhaltevermögen. Es existiert so etwas wie ein Studenplan für die Dinge, die er zu tun hat. Alles, was getan werden kann, wird getan – normalerweise auch sogleich. Offenbar sucht er ihre Körper. Offenbar durchsucht er ihre Körper nach geheimen Öffnungen, neuen Einschnitten.

Und raten Sie mal, wer wieder aufgetaucht ist, anfangs unregelmäßig, jetzt doch regelmäßig zweimal pro Monat. Irene. John nahm es ziemlich cool, für mich jedoch war's die süßeste Qual, insbesondere zu Beginn. Und das Lustigste dabei ist: Ich hatte geglaubt, mit Irene mehr oder minder fertig zu sein. Ich hatte nicht mehr sehr viel über sie nachgedacht, nur ein paarmal am Tag, und mir dabei gelegentlich vorgestellt, ich bekäme sie hier und da kurz zu Gesicht, auf der Straße, in einem Bus, im Supermarkt, im Krankenhaus, in einem vorüberfliegenden Flugzeug in acht Kilometern Höhe. Fertig mit Irene? Von wegen. Vielleicht ist man, wie es heißt, vom Schicksal geschlagen, und man wird mit seiner ersten Liebe niemals fertig. Und dann diese alptraumhafte Zwickmühle: Ich kann's einfach nicht *ausstehen*, wie er sie behandelt. Für ihn ist sie – wie soll ich's ausdrücken? – bald eine Selbstverständlichkeit. Sie ist sofort eine Selbstverständlichkeit. Der müdeste Blick, das oberflächlichste Lächeln, und schon ist sie da. Es ist eine unmögliche Situation. John ist bei Irene nicht *gründlich*. Sie sollte so glücklich werden. Das ist wieder eine von diesen Dreiecks-Geschichten. Ich liebe sie, sie jedoch liebt ihn, und er liebt niemanden. Des Nachts liegt sie da und blinzelt vernachlässigt. John kehrt ihr den Rücken zu. Ich *brenne* vor Verlangen nach ihr.

Die Jahre sind freundlich zu Irene gewesen, obgleich sie noch immer viel müder und abgespannter wirkt als selbst die reizloseste unserer Krankenschwestern. Mir fällt das auf, und ich reite auf ihren Feldern herum, als Verteidigungsmechanismus. Ja, und ich versuche vergebens, mich gegen sie zu immunisieren. Sicherlich könnte sie ein wenig sauberer in der Wohnung sein, die gewöhnlich wie geleckt ist, wenn sie eintrifft. Darin bin ich mit John einer Meinung. Wir verabscheuen einfach Staub, Schmutz und Kalk auf dem Wasserhahn sowie jede Art von Dreck.

Bei ihrem letzten Rendezvous gingen John und Schwester del Puablo ins Metropolitan-Museum. John macht sich nichts aus den Bildern, und es besteht auch kein finanzieller Anreiz, aber er hat das Gefühl, es würde von ihm erwartet, von den Krankenschwestern und von der steinernen und metallenen Hydra, genannt die ›Gesellschaft‹. Wie in der Literatur, so verbirgt sich anscheinend auch in der Malerei eine Welt, die das Oberste zuunterst kehrt, in der, um's so auszudrücken, der Pfeil der Zeit in die andere Richtung fliegt. Die unsichtbaren Zeitvektoren legen einen anderen Zusammenhang von Ursache und Wirkung nahe. Erneut dieser Gedanke. Er beunruhigt mich stets auf seltsame Weise. Ich frage mich: Ist das bei allen Künsten der Fall? Na ja, es ist nicht der Fall bei Musik. Es ist nicht der Fall in der Oper, wo sich alle rückwärts bewegen und sich gottverdammt furchtbar anhören.

Jede Weihnachten erhalten wir eine Karte vom Reverend, die uns darüber informiert, daß das Wetter milde sei. Nun ja, manchmal ist es milde, und manchmal ist's nicht. Aber ich weiß, was er meint.

Das Krankenhaus ist wie ein immerwährender November. Man geht durch Sonne und Regen, man geht durch jede Art von Wetter, um dorthin zu gelangen, sobald man jedoch einmal von den Pendeltüren eingesogen worden ist, ist alles verzweifelt und grau in grau. Des Abends sehen die Wolken durch diese Fenster aus wie Bandagen und Verbandsstoffe.

Der verständliche Schmerz der Opfer, die Träume derer, denen man nicht zuhört, die flehenden Blicke: all das wird vom aggressiven Rhythmus des Krankenhauses weggewischt.

»Sie leisten gute Arbeit, Herr Doktor«, sagt jeder hier zu mir. Ich leugne das. Ich mache mich durch das Leugnen zum Opfer. Wenn ich stürbe, würde er aufhören? Wenn ich seine Seele bin, und es erfolgte ein Seelenverlust oder ein Tod der Seele, würde ihn das dazu bringen aufzuhören? Oder würde es ihn sogar noch freier machen?

Ich bin nicht stolz auf diese Widersprüche, wenn es denn Widersprüche sind; und ich erwarte nicht, daß es irgend jemand – oder tatsächlich ein jeder – auf meine Weise sieht. Aber man kann sich selbst kein Ende setzen, nicht hier. Mir ist der Gedanke an Selbstmord vertraut. Aber sobald das Leben einmal abläuft, kann man ihm kein Ende setzen. Man hat nicht die Freiheit, dies zu tun. Wir alle sind auf Dauer hier. Das Leben *wird* ein Ende finden. Ich weiß genau, wieviel mir noch bleibt. Es sieht so aus, als ginge es ewig. Ich fühle mich einzigartig und ewig. Die Unsterblichkeit verzehrt mich – und nur mich.

Die Weihnachtskarte des Reverend wird aus dem Feuer geboren. Im Kamin des Doktors.

An der Ecke Achte Straße und Sixth Avenue liegt jeden Morgen ein runder See aus Mulch, wie eine ungeheure Pizza, wie eine körperliche Katastrophe, die darauf wartet, von einem vier Meter großen Säufer oder einem mutierten Hund aufgewischt zu werden, dem die eigene Größe Übelkeit bereitet. Nein. Eine alte Dame klettert jeden Morgen die schwarzen Äste der Feuerleiter herab und sammelt alles erschöpft ein und klettert mühsam heim, den Mulch in Papiertüten: die Nahrung, die ihr von den Vögeln zurückgelassen worden war.

Jeden Montagmorgen haben wir in Dr. Hotchkiss' Räumlichkeiten in der neunten Etage Mortalitätsbesprechung. Befallene Organe werden auf Plastiktabletts von Arzt zu Arzt herumgereicht.

John ist Irene gegenüber verständnisvoller geworden. Nach mehreren oberflächlichen Versuchen, gefolgt von einer kurzen (mit Krankenschwestern vollgepfropften) Entfremdung, worauf ein großer Krach folgte, hat er ihre Beziehung wieder auf sexuelle Füße gestellt. Ich bin nicht so erfreut darüber, wie ich vielleicht gedacht hätte. Eifersucht ist mir neu, und sie ist mehr als schrecklich.

Sollten wir etwa zu dem kaum wahrscheinlichen Schluß kommen, Johns Herz sei durch die Liebe einer anständigen Frau geschmolzen? Eine fette Frau, das auch, in einem gewissen Alter, eine, die alles vergibt und über uns wacht, wenn wir schlafen – die, seien wir doch offen, mehr wie eine Mutter als wie eine Geliebte ist? Der Wendepunkt oder der gewisse Augenblick kam, als Irene ihr Geheimnis enthüllte. Ihre Worte waren es, die ein langes Schweigen brachen.

»Es war ein Mädchen«, sagte Irene. »Sie lebt jetzt bei Pflegeeltern. In Pennsylvania. Ich konnte mich nicht um sie kümmern. Ich war selbstmordgefährdet.«

John schnaubte und sagte: »Dann haben wir jetzt also was gemeinsam.«

»Es gibt etwas, das ich dir nie gesagt habe. Ich hatte ein Kind.«

Zu diesem Zeitpunkt lagen sie im Bett und starrten traurig an die Decke.

Es ist paradox, weil John Frauen nicht leiden kann, die Kinder haben. Sie können Ehemänner haben. Sie können so viele Freunde haben, wie sie wollen. Aber keine Kinder. Wenn er zufällig mit Frauen ins Gespräch kommt, die Kinder haben, ist das praktisch die erste Frage, die er ihnen stellt – der erste Test, dem sie sich gegenübersehen. Und dann kommt niemals etwas dabei heraus. Viele Krankenschwestern, viele Schwestern. Viele Matronen. Aber keine Mütter.

Wir alle drei wissen, daß John ein Geheimnis hat. Nur einer von uns weiß, worin das Geheimnis besteht. Er läßt es unaufgedeckt, vielleicht das beste, was man mit Geheimnissen tun kann.

Die Zeit verstreicht. Es gibt weniger Autos, und sie sind voluminöser geworden, ahmen mit ihren Finnen und Flügeln Tiere nach.

Es stehen keine Einwegspritzen mehr zur Verfügung. Insgesamt gesehen herrscht im Krankenhaus eher ein Klima von Anpacken und Catch-as-catch-can. Wir benutzen sogar Pipetten; *so* unhygienisch. Und sie haben stufenweise den Gebrauch von elastischen Binden abgesetzt, so ein Mist!

Die Stellung der Ärzte in der Gesellschaft ist höher denn je. Wir schreiten erhobenen Hauptes, nicht mehr länger gebeugt von amtlichen Verfügungen. Man sieht keine Radfahrer mehr, die diese Arztmasken tragen. An Pollenflugtagen erfolgen nicht mehr länger Warnungen für Asthmatiker oder Menschen, die an Heuschnupfen leiden. Jeder raucht und trinkt und treibt sich herum. Niemand treibt mehr Sport.

Vergangene Woche haben sie meinen Farbfernseher weggeholt. Sie haben mir einen schwarzweißen gebracht. Ich habe bei dem Handel verdient, als ich ihn jedoch einschaltete, war mein erster Gedanke: Au weiah. Da geht die öffentliche Meinung dahin.

Aber als Macht ist die öffentliche Meinung schon längst dahin, Tatsache. Man kann nicht genau sagen, wann es geschehen ist. Wie ich mich entsinne, ging nach dem Schuß zum Mond in jedermanns Kopf ein kleines Lichtlein aus; auf einmal erschien die Welt gemütlicher, beschränkter, miefiger. Die öffentliche Meinung ist andererseits langsam verschwunden. Wie zähneblecken-des Selbstbewußtsein. Heutzutage erblickt man an allen Ecken und Enden ein mörderisches Grinsen, und niemanden schert's. Den Leuten ist es ziemlich egal, wie die anderen Leute so sind. Also können die Leute sein, was sie sind, und es schert sie nicht, wenn's andere etwas schert.

Die Kleidung wird überall unschuldiger. Jeder wird unschuldiger, im ständigen Vergessen. Der Central Park ist sauberer, jedoch nicht sicherer. Wir sind weniger.

Stellen Sie sich nun meine Person im Operationssaal vor, auf dem schwarzen Steinfußboden, unter den Lampen mit Metallschirmen, mit leichten Kopfschmerzen und einer halben Erektion, während ich einen Tumor in den menschlichen Körper schaufele. Ich ruhe mich einen Augenblick lang aus, mache dabei Gebrauch von dem ledernen Fahrradsattel auf dem steifen Chromständer. Die Operationsschwester, Schwester del Puablo, wirft ein Auge auf mich. Mehr kann sie mir in ihrem chirurgischen Jaschmak nicht zuwerfen. Ich habe mit ihr geschlafen. Wie Byron und Witney. Schwester del Puablo ist weit und breit und zu Recht bekannt für ihre geschickten Hände, heißen Oberschenkel und weichen Lippen, ihren hübschen Leib, ihren miesen Arsch und ihre *klasse* Titten.

Ich möchte diesen Tumor hübsch und fest hineinstopfen. Ich sage: »Messer . . . Moskitoklammer . . . Sauger . . . Klammer.«

Des Nachts knirscht und knackt es im Krankenhaus vor Spannung, wenn die Fälle ausgewählt werden, die behandelt werden, und diejenigen, die man sterben läßt.

Denn die meiste Zeit unseres Lebens sind wir uns selbst Ärzte. Nicht, wenn man alt ist und sich alles so taub und tot anfühlt und Rücksichtnahme und Ekel eine Untersuchung verbieten. Und nicht, wenn man jung und der Körper eine einzige unhinterfragte Ekstase ist. Nur in der Zeit dazwischen.

Geben Sie auf sie acht, in Kaffeegeschäften, in Bussen, wie sie wimmern, wie sie überlegen, sich selbst Arzt, Medizinmann und Wunderheiler, Diagnostiker und Anästhesist, schweigende Patienten ihrer selbst.

Behandle dich selbst. Aber behandle niemand anderen. Laß sie in Ruhe. Laß sie sein, wie sie sind.

Wenn Johns Moralleben zu mir käme, dann sagte ich: Hier haben wir eine Gebißanomalie. Der Puls ist schwach. Die Auskultation ergäbe eine Dyspnoe, ein starkes Rasselgeräusch, auch Tachypnoe, was auf mediastinales Knistern hindeutet. Die Augen zeigen Strabismus und Nystagmus, auch arteriovenöse Kaliberschwankungen und Silberarterien. Die Mundschleimhaut und der Oropharnyx sind entzündlich verändert. Das Herz: zittert, hebt und senkt sich, reibt, mit einem parasternalen Systolikum. Mentaler Status: wachsam, orientiert; Gedächtnis, Urteilsvermögen, Stimmung – normal.

Währenddessen sehen die Opfer auf ihren Betten und fahrbaren Liegen mit ängstlichen Gesichtern zu.

In der Stadt sieht man jetzt die Sterne, oder jedermann sonst sieht sie, und nicht bloß ein charmantes Quentchen hier und dort. Nein: den ungezügelten Kosmos. Die meisten Menschen tun so, als seien die Sterne immer schon sichtbar gewesen. Für sie ist's nichts Besonderes. John jedoch mag die Sterne, überraschenderweise. Sein Blick gleitet über den Himmel, die Sternbilder, die Sternhaufen. Er zeigt jene berühmten nächtlichen Pünktchen der gurrenden Krankenschwester in seinem Arm und läßt sich des langen und breiten darüber aus, zum Beispiel über ihre relative Entfernung zur Erde – und zueinander. Es ist interessant. Jene beiden da, die wie Zwillinge aussehen, einen Zentimeter voneinander entfernt: In Wirklichkeit mögen sie ekelerregend weit voneinander getrennt sein, Lichtjahre weit, vereint lediglich durch unseren Blickwinkel. Einer ein Zwerg, einer ein Riese . . . Die Krankenschwestern lächeln und hören nur mit einem halben Ohr zu, ihre Gedanken sind kaum weniger phantastisch, jedoch etwas lokaler ausgerichtet. Ich, ich bin ganz Ohr. Für mich sind die Sterne wie Stäubchen, lediglich Staubknäuel. Doch spüre ich ihr Feuer. Wie sie mir in den Augen brennen.

Einige Affären beginnen jetzt tatsächlich mit einer medizinischen Behandlung. John hat damit begonnen, sich Arbeit mit nach Hause zu nehmen. Nirgendwo kann man sich verstecken. Nirgendwo kann man sich im Dunkel herumdrücken.

Diese zukünftigen Freundinnen treffen still und heimlich ein. John, der bereit ist, empfängt sie still und heimlich. Ihnen ist kalt, und sie ruhen sich eine Weile lang aus und weinen, und dann besteigen sie den leergeräumten Tisch. Sie nehmen ihre Hälfte der Missionarsstellung ein, obgleich John natürlich anderweitig beschäftigt ist, mit der gefüllten Stahlschüssel. Eine rechteckige Planzenta und ein etwa ein Zentimeter langes Baby mit einem Herzen, jedoch ohne Gesicht, wird mit Hilfe von Zange und Spekulum implantiert. Immer wieder folgt die Untersuchung mit dem Finger und dem Abstrichtupfer. Jetzt können sie herabsteigen und etwas trinken und flüsternd sprechen. Sie sagen auf Wiedersehen. Er wird sie wiedersehen. Gewöhnlich in etwa acht Wochen.

Ich schließe daraus, daß dies die Bomben-Babys aus Todd Friendlys Träumen sind. Es fügt sich alles zusammen. Die Babys sind, um's so auszudrücken, hilflos mächtig. Dies ist die Macht, die sie ausüben: die absolute Notwendigkeit, daß niemand von ihrem Vorhandensein weiß. Natürlich bestehen da Unregelmäßigkeiten: In der wachen Realität muß die Mutter schweigen, nicht das Baby. Und diese Babys sind außerstande, einen Laut von sich zu geben: sie haben Herzen, jedoch keine Gesichter, keine Kehle, keinen Mund zum Schreien. Aber die Träume sind so, nicht wahr? Träume gehen gern ihre eigenen Wege. Schließlich trägt John Young, der täglich breitbeinig über einem Sturm von Seelen steht, die wie Blätter in den Wind hinauffahren, John Young trägt einen weißen Kittel – jedoch keine schwarzen Stiefel. Er trägt Turnschuhe oder normale leichte Slipper oder natürlich jene hölzernen Clogs.

In der Nähe heult die Sirene eines Krankenwagens wie ein wahnsinniges Baby, und das Heulen wird immer höher, während er an uns vorüber- und die Straße hinabfährt.

Einfach ausgedrückt, ist das Krankenhaus ein Scheußlichkeit produzierender Ort. Eine Scheußlichkeit folgt der anderen, unaufhörlich. Als sei eine neue Scheußlichkeit dazu nötig, die vorherige Scheußlichkeit zu rechtfertigen. Als sei die Scheußlichkeit, die davor kam, dazu nötig, die Scheußlichkeit zu rechtfertigen, die darauf folgt. Hör jetzt auf und ... Aber man kann nicht aufhören.

Scheußlichkeit auf Scheußlichkeit, und dann noch mehr Scheußlichkeit, und dann noch mehr.

Ich bin froh, daß es in Wirklichkeit nicht mein Körper ist, der ihre Körper berührt. Ich bin froh darum, seinen Körper zu haben, der irgendwie dazwischen steht. Aber wie sehr wünsche ich mir, einen eigenen Körper zu haben, der tut, was ich will. Ich wünschte, ich hätte einen Körper, nur ein Instrument, um sich darin erschöpft zu fühlen oder fertig, Schultern, die herabhängen, einen Kopf, der sich zurückneigt, um die Sonne zu betrachten, Füße, die schlurfen, eine Stimme, die stöhnt oder seufzt oder heiser um Vergebung bittet.

Ich versteh's einfach nicht. Irene kommt noch immer in die Wohnung, aber wir sehen sie nicht mehr, außer durch Zufall. Es ist vorbei. Sie ist anscheinend heiter, sie ist anscheinend erleichtert. Zweimal in der Woche schaut sie voller Rachsucht herein, um die Wohnung einzustauben und alle Teller zu beschmutzen und das Bett durcheinander zu bringen. Sie hinterläßt vier Dollar auf der Anrichte – obgleich es neulich auf drei Dollar fünfzig heruntergegangen ist.

Ich versteh's einfach nicht. Im Krankenhaus belohnen wir unsere Opfer mit Geld. Ich bezahle das Krankenhaus. Irene bezahlt mich. Ich kapier's einfach nicht. Sind wir alle Sklaven? Sind wir irgendwie weniger als Sklaven?

Sie würden mir nicht glauben, selbst wenn ich's Ihnen sagen könnte. Sie würden sich abwenden, gequält und voller Verachtung. Ich bin wie das Baby, das man aus der Toilette geholt hat. Ich habe ein Herz, jedoch kein Gesicht: Ich habe keine Augen zum Weinen. Niemand weiß von meinem Vorhandensein.

Führen wir Krieg, einen Krieg gegen die Gesundheit, gegen Leben und Lieben? Mein Zustand ist ein zerrissener Zustand. Jeden Tag, das Gesicht des Leidens. Sein Gesicht ist gewalttätig, fern und uralt.

Vielleicht gibt's eine einleuchtende Erklärung für die unglaubliche Erschöpfung, die ich verspüre. Eine völlig einleuchtende Erklärung. Ich bin zu Tode erschöpft. Vielleicht bin ich's müde, menschlich zu sein, wenn ich denn menschlich bin. Ich bin's müde, menschlich zu sein.

ZWEITER TEIL

IV

Man tut, was man am besten kann, nicht, was das beste für einen ist

Im Sommer des Jahres 1948 laufen wir aus nach Europa – nach Europa und in den Krieg. Nun gut, ich sage *wir*, aber bis jetzt war John Young da draußen ganz schön auf sich gestellt. Um das Jahr 1959 herum hatte irgendeine Art von Verästelung stattgefunden, oder vielleicht sogar früher. Noch immer lebte ich innen drin, schweigend, mit den eigenen Gedanken. Gedanken, die frei waren, durch die Zeit zu wandern.

Auf unserem Schiff tönen alle Sprachen Europas unter dem riesigem Himmel und seinem Zoo aus Cumuluswolken – seinen Schneeleoparden und Eisbären. Auf dem Unterdeck, wo sich alle aufhalten, herrscht das Gefühl eines übermäßigen und abgeklärten Glücklichseins.

Wenn es glücklich ist, sucht das menschliche Gesicht einen bestimmten Winkel einzunehmen: Vielleicht kann man ihn festnageln – sagen wir, etwa dreizehn Grad über dem Horizont.

Das Glücklichsein birgt zugleich eine eigene Wildheit:

das Recht, zu leben und zu lieben, fest umklammert. *Gut*. John ist stets besonders nett und gutaussehend, wenn er während seiner Spaziergänge das Unterdeck besucht, morgens und abends, dabei ein Spazierstock mit eiserner Kappe, geputzte schwarze Schuhe, eine glaubhafte Perfecto. Es ist ziemlich gefährlich, wenn er über das untere Deck schlendert, vorüber an den Pulks der Familien, den jungen Müttern, den schreienden Babys. Die schreienden Babys: Wir alle wissen, was das zu bedeuten hat, in jeder Sprache. Auf einmal hat jeder anscheinend zumindest ein Baby. Als gelte es, sie sicher zu verstauen, vor der gewalttätigen Erneuerung des Krieges.

Zu Beginn erschien die Reise wie eine Art Ausweichmanöver, eine Form von Flucht. Eine Million Augen, die aufs Meer blickten, eine Million Zeugen unseres Abschieds. Abgesehen vom Wunsch, das Gesetz oder was auch immer möge ihn schnappen (was nicht geschah), habe ich Johns heimlichen und ausgeklügelten Vorbereitungen für die Reise nur wenig Beachtung und keinerlei Interesse geschenkt – der Reihe von Gesprächen mit Reverend Kreditor zum Beispiel. Bis zu unserer kurzen Bootsfahrt nach Ellis Island bin ich nicht richtig wach geworden. Natürlich hatte ich, Monate zuvor, dunkel die Möglichkeit einer größeren Umwälzung wahrgenommen, und zwar aufgrund dessen, was mit Johns Haut geschah. Zunächst nahm sie eine gewisse Blässe an; dann, während des kalten Frühjahrs, durchlief sie alle Schattierungen von Senffarben bis zur Färbung von Erdnußbutter. Jesses, dachte ich. Gelbsucht. Dann raffte ich es: Es war Sonnenbräune. Ich zählte zwei und zwei zusammen. Die Leute verhielten sich oftmals so, ehe sie mondäne Ferien an exotischen Orten antraten. Die Vorstellung, John könne krank werden, die Vorstellung, John könne etwas ausbrüten: Das wär' vielleicht was. Seine Energie hat heutzutage etwas Grausiges und Geschmackloses an sich. Sie hat eine rosige Zunge. Sie ist brutal – unverarztet. Das Weiße in seinen Augen beißt wie eisige Kälte. Johns Rumpf erinnert jetzt ganz deutlich an eine seiner eher wundersameren Erektionen. Einen jeden Augenblick wirft er sich ohne Vorwarnung zu Boden und macht etwa hundert Liegestütze. »Neunundneunzig«, hört man ihn knurren, wie stets nimmt er alles buchstäblich. »Achtundneunzig. Siebenundneunzig. Sechsundneunzig.« Selbst zu den Mahlzeiten, am Tisch des Kapitäns, läßt er ständig Muskeln und Sehnen spielen. Unter dem Tisch tanzen seine Füße. Johns Körper zittert wie das Schiff selbst. Dieser Krieg wird an einem festgesetzten Tag beginnen, wie ein Fußballspiel. Er ist einunddreißig.

Wir haben unsere eigene Kabine auf dem A-Deck, Schauplatz vieler Kniebeugen und Brustmuskelübungen. Auf dem B-Deck gibt es auch ein gemeinschaftliches Training, das John zusammen mit einem dunkelhäutigen Zahlmeister namens Togliatti leitet. Wir üben Hampelmann und werfen Ringe. Anfangs, des Morgens und des Abends, während der Zeit der Spaziergänge (der Anzug, der Stock), neigten die Leute dazu, sich am Bug des Schiffs zu versammeln, um dorthin zu sehen, woher sie gekommen sind, wie es die Leute halt so tun. Nur John ist unausweichlich am Heck zu finden, er sieht dorthin, wohin wir fahren. Die Route des Schiffs ist auf der Oberfläche des Wassers deutlich vorgegeben und wird durch unser Vorankommen gierig geschluckt. Auf diese Weise hinterlassen wir keine Zeichen auf dem Ozean, als würden wir erfolgreich unsere Spuren verwischen.

Und genauso sind wir anscheinend unseren Schuldgefühlen entronnen. John fühlt sich obenauf: Er hat sich offensichtlich wunderbar erholt. Aber wenn Sie mich auf dem Tisch oder der Trage in Intensivbehandlung hätten – das Oszilloskop, das piept wie in einem Unterseeboot (wie ein vergessener Code), das heftig seufzende Beatmungsgerät –, dann würde ich fliehen, fliehen, Hals über Kopf. Ich konnte mich nicht darüber hinwegsetzen, ich bin zu nahe gekommen, ich habe zu lange Zeit mit dem Leid und seinem faulen chemischen Atem zugebracht; sein Gesicht ist gewalttätig, entfernt, uralt. Das Krankenhaus, lauwarm summend – ich kann mich an alles erinnern. Sich einen Tag ins Gedächtnis zurückzurufen kostete einen Tag. Sich ein Jahr ins Gedächtnis zurückzurufen kostete ein Jahr.

Irgend etwas ist mit den Schiffsmaschinen los. Wie sie husten und schlucken und würgen. Der Rauch, der unsere Schornsteine füttert, ist viel zu dick und zu schwarz. Unser griechischer Kapitän kommt während des Essens zu einem Höflichkeitsbesuch und entschuldigt sich in seinem lächerlichen Englisch. Oftmals, endlose Tage lang, können wir nichts als hilflos schlingern oder große Kreise im Uhrzeigersinn fahren. Häßliche Möwen schlagen auf unserem Weg rückwärts mit den Flügeln, offenbar, um ihren Sturz durch den Himmel zu unterbrechen. John dampft, wie das Schiff, aber den Leuten macht das wohl nichts aus. Und mir gefällt's, das Gefühl des Sich-Auflösens, weit entfernt vom Land und der Absicht, jemandem etwas anzutun. Des Nachts, während Johns ungeduldiger Körper schläft, horche ich auf die Wellen, die schwach gegen die Bordwand des stilliegenden Schiffs schlagen.

Die rollende See hört sich zauberhaft an, aber sie ist unaufrichtig, sie schmeichelt und betrügt, sie schmeichelt und betrügt.

Angesichts von Johns neuem Fitness-Programm und der gesunden atlantischen Luft und allem hätte ich so etwas wie eine halbherzige Erneuerung erwartet. Sie ist nicht ganz eingetroffen. Dennoch mußte ich mich einfach, zumindest im Geiste, der Orgie allgemeiner Freude anschließen, als wir in Lissabon anlegten; und sogar John überließ sich steif zahllosen wohlriechenden Umarmungen. Dann jedoch dümpelte das Schiff stundenlang dort umher, im eigenen Meeresdunst aus Ungeduld und Angst. Schlaff blickte ich auf die tödliche Öligkeit des Wassers, in dem sich kein Leben entwikkeln konnte, sowie auf die Menge, die zur Begrüßung auf dem Dock stand und dort oben umhertrieb und -schwamm wie tropische Fische. Danach verabschiedeten sich Wille und Lebendigkeit erneut. Ich war tatsächlich für fast eine Woche lang völlig ausgeschaltet, während John das Hotel buchte und in der Stadt herumlief und Papiere und Visa und Schmiergelder und all den anderen Mist zusammensuchte, den man braucht, wenn man sich eine neue Identiät zulegt. Auf der anderen Seite des Ganzen tauchten wir mit einem zeitweiligen Chauffeur, einem guten Profit und einem wirklich erstklassigen neuen Namen auf: Hamilton de Souza. Ich nehme an, diese Identitäts-Kiste ist eine Schwäche von John oder Todd oder von Hamilton und nicht allgemein üblich. Aber sehen Sie hinaus, auf die von Straßen durchzogenen Hügel, die Wildheit der Parks jenseits der Leitplanken und all die Menschen. In dieser Menge muß es von Pseudonymen, von noms de guerre, nur so wimmeln. Jene, die der Krieg bald einholen wird. Wir haben bereits drei Namen hinter uns gebracht. Wir können offenbar ganz gut damit umgehen. Einige Menschen jedoch – es steht ihnen ins Gesicht geschrieben –, einige Menschen haben überhaupt keinen Namen.

Hamilton und ich haben uns natürlich jetzt gut eingerichtet in unserer behaglichen Villa mit unseren drei Dienstmädchen, dazu Tolo, der Gärtner, und der Hund Bustos. Sie liegt in einem schattigen Tal einige Kilometer nördlich von Redondo. Hören Sie: Dort trotten die Ziegen, das schwache unrhythmische Geklingel der Glöckchen um ihre Hälse, sie werden von dem weißgekleideten Bauern geführt. Die Ziegen sind ebenfalls weiß, eine kleine Herde Seelen. Die gelegentlichen Rufe des Hirten sind voll der portugiesischen Melancholie, der portugiesischen Menschlickeit. Zweimal im Monat kommt der fette Anwalt, den ich für einen Agenten halte, in seinem durchgeschwitzten Anzug zu Besuch. Wir trinken *Fino* hier oben auf dem Dach und unterhalten uns in einem formellen und beschränkten Englisch. Die Vögel sind ganz aus dem Häuschen von unserem Garten und von den Blumen, die rings um uns her in ihren Trögen und Töpfen leuchten.

»So hübsch«, sagt der Agent.

»Die nennen wir Hüpf-Betty.«

»Entzückend.«

Hamilton deutet mit dem Finger. »Braunäugige Susanne.«

»Wie attraktiv!«

»John-geht-zu-Bett-am-Mittag.«

Unten, vom Rasen aus, schleudert sich kraftvoll eine Schwarzamsel in den Himmel.

Rings um uns her, in mittlerer Entfernung, was so nah oder entfernt ist wie halt sonstwohin, liegen andere Ruhehäfen aus Pflastersteinen und Flora. Mir gefällt es hier. Rosig und gelb überblicken die Villen das ausgedörrte Land, wie Süßwarengeschäfte auf dem Planeten Mars. Das Licht hat die Färbung von Katzengold.

Wir haben drei Dienstmädchen, Ana und Lourdes

und Rosa, das Zigeunermädchen, auf das ich noch zurückkommen muß. Mit dieser Dienstmädchen-Sache bin ich vertraut, weil ich zuvor schon einmal eines hatte: Irene. O Irene! . . . Die Sache mit den Dienstmädchen ist, man räumt immer hinter ihnen her, aber nicht zu maßlos, das stimmt schon, und sie sind so schrecklich höflich. Diener sind arm, und ich bin pleite – ich meine blank. All ihr Geld geben sie dem Agenten; dennoch finden sie stets noch dieses kleine bißchen Extra, um es mir zu geben. Rosa, das Mädchen, ist besonders beharrlich. Wir nehmen diese Zahlungen mit einem hochherrschaftlichen Augenzwinkern an uns. Niemand behauptet, es sei fair, aber es ist zumindest verständlich. Wie kommt man ran ans Geld? Geld, das ebensogut auf der Straße liegen könnte? Es hängt alles von der Qualität des Mülls ab. In New York hat's die Regierung getan. Hier tun wir's selbst. Tolo, der Gärtner, und Bustos, der Hund, der in großer Anspannung neben ihm auf dem Wagen hockt, den das Maultier voranstößt: Sie gehen zur Müllkippe des Dorfs. Oder wir verlassen uns aufs Feuer. Qualität, nicht Quantität. Unser Müll ist *erstklassiger* Müll. Rosa, die ärmste von allen, lebt in dem Zigeunerlager drüben am Hang am anderen Ende des Tals. Abends spazieren wir manchmal dort hinaus und warten, und dann gehen wir ihr heimlich voran, wenn sie zur Villa geht; niemals wendet sie sich um, doch sie weiß, daß wir da sind. Das Lager besteht aus Müll, aber keinem guten Müll. Müll. Ich bin sein Herr. Sie seine Leibeigene oder Gefangene.

Unsere Hobbys?

Na ja, spazierengehen. Ganz tadellos herausgeputzt in Köper und Tweed, mit Jägerhut, mit Bustos, der uns um die Füße läuft. Es ist eine reizvolle Bemerkung, daß Tiere die Seelen von Göttern beherbergen sollen. Von einer Katze kann man das glauben. Selbst von einem Maultier. Von Bustos kann man's nicht glauben. Nicht mit dieser losen Haut und dem absoluten Leichtsinn, dem flehenden Blick. Die Bauern mit den abgewandten Gesichtern, die schwerbeladenen Frauen in Schwarz, sie krächzen einen verstohlenen Gruß, den Hamilton de Souza forsch erwidert. Er hat das Kauderwelsch rasch erlernt, aber ich kann damit nichts Rechtes anfangen. Das einzige Wort, in dem ich mich zu Hause fühle, ist *Somos*. Bustos und ich, wir spielen ein Spiel mit diesem besabberten Tennisball; und es gefällt ihm, jene Stöcke hochzuwirbeln. Durch das Tal geht's, zum Abhang. Das Lager ist wirklich sehr schmutzig.

Oh, und Gärtnern, das auch. Nichts von wegen selbst Hand anlegen, wie in Wellport. Wir stehen über Tolos gebeugter Gestalt und deuten mit unserm Spazierstock. Die Blumen sind ganz amüsant, aber schrecklich gewöhnlich. Dieses schreiende Rosa und Karminrot.

Unser anderes Hobby ist Gold. Wir sammeln es. Wir häufen es an. Etwa einmal im Monat fahren wir mit dem Agenten im Wagen nach Lissabon und statten einem älteren Spanier in seinem Büro im Hotel de Luxe einen kurzen Besuch ab. Wir haben Geld bereit, das uns der Agent zur Verfügung gestellt hat. Wir zählen die nagelneuen Banknoten und reichen sie über den Schreibtisch. Nachdem der alte Kerl es dann geknotet hat, erhalten wir unser Gold, in kleinen Barren von der Größe eines Kragenknopfes. Lustlosigkeit und Scham und ein träumerischer Ekel sind das Medium dieser Transaktionen. Wir sitzen mit bleischweren Gliedern da. Das schwere braune Mobilar und Senhor Menini: Sein Okular, das Amalgam in seinen Zähnen, seine staubigen Waagschalen. Hamilton und ich schwimmen bald in Gold.

Kann man Rosa ein Hobby nennen? Ist sie dazu geeignet? Ein kurzer Blick auf Rosa, wenn sie in ihren rosafarbenen Lumpen zum Brunnen geht, und Hamiltons Blut strömt langsamer und stockt, und die Härchen richten sich auf. Er marschiert offensichtlich munter hinein: in die Liebe auf den ersten Blick. Gleich am ersten Tag, als wir hier eintrafen, drängte er sie in der Spülküche in die Ecke, umarmte sie mit Tränen in den Augen und sagte: *adorada, adorada*. Rosa ist rosig und schmutzig; sie ist dunkelhäutig, sie ist rosig. Eine ihrer Aufgaben ist es, am Morgen Hamiltons Nachttopf wieder aufzufüllen. Gewöhnlich trägt er seine Schlafanzughose und rasiert sich, wenn sie durch die Tür tritt. Langsam ihr etwas erklärend, wendet er sich ihr zu. Sie kriecht unters Bett, um den peinlich schweren Topf abzustellen. Sie geht mit gesenktem Blick und sagt *bom dia*. Frei heraus gesagt, ist in puncto Rosa der Zug für ihn abgefahren. Sie ist viel zu jung für Hamilton – vermutlich auch für jeden anderen, abgesehen von ihren Brüdern, ihrem Vater und ihrem Onkel und so weiter, oder Hamilton nimmt das an (ich weiß es), wenn er in der Abenddämmerung um das Lager schleicht. Vergangene Woche hat sie ihren dreizehnten Geburtstag gefeiert, also ist sie jetzt nur zwölf. Er beobachtet sie im Hof, wo sie mit Putzlappen und Eimer niederkniet, um sich über die sauberen Platten herzumachen. Der Schwung ihres Rückens, die Art, wie sie sich über die Brauen streicht. In ihren leuchtenden Lumpen von Kleidern ist sie rosig und gestreift, wie das Innere ihres Mundes, die Zähne noch immer sowohl groß als auch klein. Bald wird sie, um jene Löcher zu füllen, ein paar Milchzähne bekommen, gekauft bei der. Zahnhexe . . . Wonach sucht er in den Frauen, nach Mutter, Tochter, Schwester, Gattin? Wo ist seine Gattin? Sie sollte besser auftauchen, solange dazu noch Zeit ist. Rosa gibt ihm Geschenke, die Hamilton auf seinen Fahrten nach Lissabon stolz einlöst. Aber der Körper, an dem er dieser Tage am meisten interessiert ist, ist der eigene. Er ist sein eigenes Hobby. Und sein Körper ist sich selbst der Liebhaber. Was für eine Liebe ist das, zwischen den oberen Gliedmaßen und dem externen Herzen. Jesses, nein, es ist mitnichten so wie in den Tagen von Wellport, damals, als der arme alte Todd und seine Ein-Mann-Night-Shows, seine einsamen Fiaskos. Hamilton kann niemals darüber hinwegkommen, über den eigenen Körper. Man könnte glauben, er habe nie zuvor einen gehabt. Während seiner Streifzüge durchs Haus überwachen ihn Spiegel. Ihn, ihn, dies, dies: *dies* ist der Körper, den er vorbereitet und abhärtet und in all den buckligen portugiesischen Jahrmarktsspiegeln scharf inspiziert.

Da sind Gedichte an Rosa, die er aus dem Müll holt. Lourdes verbeugt sich und bringt sie im Papierkorb aus Weidengeflecht herein. Nie mehr als zwei oder drei Zeilen lang.

Die Seele einer Prinzessin in Zigeunerlumpen, Ihr Los: sich aufzureiben in ihrer ärmlichen Hülle . . .

Und:

Rosa, deren Unschuld nach Rettung schreit! Wo ist der Ritter, der ihr wird dienen?

Ja. Wo ist der Ritter. Diese seine Zeilen, die er stimmungsvoll und manchmal unter Tränen mit der Feder auslöscht – ein gutes Bild, mag sein, seiner chronischen Schüchternheit.

Sein Körper sondert jetzt jenen rosafarbenen Papp aus, den er regelmäßig in Flaschen füllt und dem Agenten zusammen mit anderen Toilettenartikeln übergibt.

Wenn er hinausgeht, dorthin, um am Abend auf sie zu warten, denke ich manchmal: Es ist nicht Rosa. Es ist das Lager, das er liebt. Die feurige und sentimentale Musik und die wilden Farben, die Schönheit und das Krankhafte unter dem Licht wie Katzengold, die Tuberkulose und die Syphilis, die Feuer, die sich durch die Zweige abzeichnen wie erleuchtete Gehirne, der falsche Glanz des Gesichtbrands auf Auge und Mund, das Kindische und all der wertlose Müll. Er möchte etwas mit dem Lager tun. Was? Hier in Portugal gibt er nicht vor, Arzt zu sein, vielleicht in weiser Voraussicht, und er geht jedem aus dem Weg, der krank oder verletzt ist, Lourdes mit ihren dramatischen Fieberanfällen oder Tolo, x-beinig vor Gicht, selbst Rosa Schrammen von Verstauchungen. Er überläßt das dem Mann vor Ort: dem Mann vor Ort, dessen ängstliches Vertrauen auf ein paar patentierte Arzneimittel Hamilton mit einem wortlosen, höhnischen Grinsen bedenkt. Aber er möchte etwas mit dem Lager tun. Er will es behandeln.

Bewußtsein und Körper bereiten sich auf den Krieg vor. Der Körper während der wachen Stunden, mit seinen Vorschriften, mit seinen Orgien des Selbst. Das Bewußtsein des Nachts. Irgend etwas spielt seinem Schlaf übel mit. Voller Überraschung liegt er bewußt da, allein in der schwarzen Hemisphäre, und er schreit, bis er auflacht; dann benutzt er den von Rosa vorbereiteten Nachttopf und schläft rasch wieder ein, trotz des

Schmerzes. Irgendwo im heftigen Tanz seines unruhigen Schlafs spüre ich die ersten Anzeichen einer durchgreifenden Umwälzung, als könne alles Schlechte bald gut sein, als könne alles Falsche bald rechtens sein. Zugegeben, dieser neue, immer wiederkehrende Traum ist, grob zusammengefaßt, alles andere als ermutigend, aber ich halte ihn für ambivalent, er könnte jede Richtung nehmen. Im Traum scheißt er menschliche Knochen . . . Hier und da, wenn der nächtliche Himmel ohne Sterne ist, schaue ich auf und hege den fröhlichen Verdacht, daß die Welt bald einen Sinn ergeben wird.

Eines heißen Nachmittags kam ich nach einer kurzen, jedoch strapazierenden Siesta aus meinem Schlafzimmer herab und sah meinen Agenten mit seinem absonderlichen Packard anhalten. Über einem Cognac informierte er uns düster von der Kapitulation der Japaner. Wie ich bemerkte, haben Lourdes und Ana Tränen in den Augen und bekreuzigen sich unentwegt. Der Agent berichtet mir entschuldigend von der abergläubischen Furcht dieser einfachen Leute. Das Ende der Welt. *A bomba atomica* . . . Ich war erstaunt. Also! Sie haben's doch getan! Sie mußten weitermachen und es tun. Gerade, als der Untergang der Welt sicher bevorzustehen schien. Sie konnten nicht widerstehen: begrenzter nuklearer Krieg . . . Vielleicht ziemlich grob entschloß sich Hamilton, mit Bustos draußen herumzutollen, und ließ sie somit im Regen stehen. Bei unserer Rückkehr war der Agent verschwunden, und die Frauen waren ruhig, anders als Bustos, dieser dumme Hund, der vor meinen Füßen im Kreis herumwirbelt und mich mit seinem herzzerreißenden Blick fixiert.

Der Haushalt kühlt sich in wachsendem Ausmaß ab. Das Gefühl schwindet daraus. So sollten die Dinge sein. Rosa, die noch immer für uns arbeitet, ist sicher in die Kindheit entwischt. Der Blick, den ihr Hamilton zuwirft, streicht ihr nicht mehr länger sanft übers Gesicht, über die rosafarbenen Lumpen. Das paßt. Wir werden jetzt imstande sein, Rosa mit einem kurzen Nikken zu verabschieden, eine kleine Abweichung von der Vertikalen. Ich werde noch nicht einmal Bustos vermissen, den der Agent vor Monaten weggezerrt hat.

Der Krieg würde nicht zu uns kommen. Der Krieg würde nicht *unser* Dorf überrollen. Wir würden in ihn hineingezogen werden – mit, wie man sagt, chirurgischer Präzision. Mit bedachtsamer Vorsicht.

Man war nicht traurig darüber, Portugal und seinem Rhythmus aus Elend und Fiesta, den Docks und dem unergründlichen Starren des Agenten den Abschied zu geben. Und man tat, was man unter den Bedingungen des schmuddeligen Dampfers tun konnte. Tatsache, selbst Hamilton, sonst so nett und gutaussehend auf Reisen, sah bald ebenso grimmig und fatalistisch aus wie alle anderen auch. Es waren etwa zwanzig Passagiere (es war kein Passagierschiff), und wir schliefen in der Messe, auf Bänken und Deckstühlen, die Mannschaft reichlich verärgert über uns, jeder hielt seine Besitztümer oder sein Geheimnis wie ein Liebhaber in den Armen, und man flüsterte einander in allen Sprachen Europas zu . . . Jene andere Sprache, erstickt in Hamiltons Kehle: Sie klettert allmählich an die Oberfläche. Sie zuckt in ihm . . . Natürlich unterhalten wir uns mit niemandem: lediglich Seufzen und Nicken und Stirnrunzeln, Verzichtserklärungen der Sprache. Den lieben langen Tag spielen sie Karten. Es sind Menschen unterer Schichten, Strandgut. Was will der Krieg von ihnen? Sie sehen absolut schändlich aus. Wir haben unser Gold, bewahren es in einem zweiten Gürtel unter unserem Hemd auf, und es zerrt heftig an unserer Unterhose.

Ich hatte Italien stets für meine geistige Heimat gehalten. Doch dann die erste Enttäuschung in Salerno. Wir wohnten in einer billigen Pension, und ihr Besitzer hatte nichts Besseres zu tun, als uns für die Stunden des Tageslichts von da zu verjagen; wir trieben uns herum und schlugen die Zeit mit Kirchgängen und unlogischen Auseinandersetzungen mit der italienischen Polizei tot. Wie sich herausstellt, hat Hamilton trotz seiner Teilnahme an Gottesdiensten während der Wellport-Ära keine besondere Vorliebe für Kirchen. Er sitzt in der ersten Bankreihe und späht alle zwanzig Sekunden unter heftigem Stirnrunzeln und Seufzen zur Tür. Einmal war er zum Altar getreten, hatte eine Kerze auf dem Ständer dort gelöscht und ein paar lächerliche Münzen eingesteckt. Ein einziger Blick auf den gekreuzigten Christus, den gemarterten Leichnam: eine wie ein Ast verkrümmte Gestalt, dessen Form sich in der Agonie des Feuers gestreckt hat. Unbeachtet über unserem Kopf ein Observatorium aus Licht. Dann wieder hinaus an die frische Luft und zu den wartenden *Carabinieri* und dem Gebärdenspiel mit *Pappacieri* und *Papieri*.

Etwas possenspielhaft Bedrohliches lastete auf unserer Reise nach Rom: die Lokomotive schwarz und chimärenhaft und die Stazione Termini wie eine Anti-Kathedrale mit ihren verrußten Fensterscheiben und der Kälte einer Gruft und dem Geruch nach Erdkruste oder höllischen Sparren. Mutig bahnten wir uns unseren Weg durch die unglaubliche Promiskuität der Straßen: Männer mit Schuhen aus der Borke der Silberbirke,

Frauen in Säcken und Teppichen, Kinder in ihrem schmutzigen Adamskostüm. Ihre Gesichter: sie sahen aus wie Menschen auf dem Weg ins Krankenhaus, als sei das Leben beängstigend, jedoch faszinierend seltsam. Eine solche Einmütigkeit in Lähmung und Benommenheit. Ist schon in Ordnung, möchte ich ihnen sagen. Wir werden's schon alle überstehen. Keiner wird verschwinden. Viele werden erscheinen. Ein herzliches Willkommen – und eine leichte Mahlzeit – erwartete uns im Kloster (Franziskaner) in der Via Siciliana. Danach waren wir wieder draußen. Wohin sich wenden? Wohin sonst. Zum Vatikan.

Dort wurden wir tatsächlich ziemlich regelmäßige Besucher, an neun aufeinander folgenden Morgenden, zwei Sonntage eingeschlossen, an den Zinnen vorüber, durch die Gärten, dann die langen, beuteüberladenen Gänge hinab, mit Glasvitrinen voller Nippeskram und Kostbarkeiten und Reihen von Ölgemalden, Tapisserien und bestickten Landkarten zogen sich an den Mauern entlang, weiter als der Blick reichte – und zum Wartezimmer. Eigentlich ließ uns Vater Duryea, unser Kontakt, unser Mann, stets sofort ein; was Hamilton jedoch nicht daran hinderte, anschließend noch stundenlang im Wartezimmer herumzuhängen. Anspannung, Schweigen, auf dem Stuhl an dem Tisch mit seiner Blumenvase und dem Teller mit verschrumpelten Äpfeln. Vater Duryea war Ire. Die ungezügelte Hitze seines Gesichts hatte ihr Hauptquartier in der Nase aufgenommen; von dort aus leckten verirrte blutende Rillen zu seinen reumütigen grauen Augen. Auch der Mund war ein Szenario des Schmerzes. Sein armer Mund. Hamilton begrüßte ihn mit aufrichtigen Worten des Danks und übergab sogleich unsere Papiere: unseren kleinen Nansen-Paß, unser portugiesisches Visum, selbst den Fahrschein, den man uns im Hafen von Salerno gegeben hatte. Vater Duryea wirkte optimistisch und nachsichtig. Aber derlei Dinge benötigten Zeit. Zeit im Wartezimmer, während man die verwundeten Äpfel mit ihrem offenliegenden Fleisch anstarrt.

Zeit im Kloster in der Via Siciliana – wo Hamilton anscheinend ein eigenes Schweigegelübde abgelegt hat. Das Essen, mit dem ich die Teller fülle, spiegelt den Charakter der Institution wider: Es ist einfach, aber völlig zureichend. Wir haben unsere eigene kleine Zelle. Das Kloster ist voller Wallfahrer wie wir, Geister mit einem halben Namen (ich fühle mich augenblicklich wie *zwischen* zwei Namen). Der Vatikan ist voller Bittsteller wie wir, die »Vater, Vater!« rufen. Europa ist vielleicht voller Menschen wie wir, die sich auf das Hineintorkeln in den Krieg einstimmen. Also bin ich einsam, aber nicht allein, wie alle anderen auch. Die Scham erhitzt unsere Zellen, und Liegestütze und Gebete. Ja, Gebete. Seine Gebete sind wie der Lärm, den man veranstaltet, um einen unerträglichen Gedanken zu unterdrücken. Vielleicht wäre ich beeindruckt und berührt von diesem jähen Talent zum Leiden, wenn es nicht so monoton wäre: Furcht, einfach nur Furcht, nur Furcht. Weshalb? Wir werden alles überstehen. Doch mit gefalteten Händen wimmert er und brabbelt er mit einer solchen Inbrunst auf den Knien um seine eigene Rettung. Um großen Glauben zu beweisen oder um irgend etwas zu beweisen, hat er sogar etwas mit . . . Sie wissen schon: der Stuhl, der Gürtel hing vom Dachbalken herab. Es hat nicht funktioniert, nutzlos, das zu sagen. Ich habe mir ja schon zuvor die Mühe gemacht zu erklären, daß man das hier nicht tun kann. Man kann es nicht tun, sobald man einmal hier ist.

Gestern fanden wir ein Photo unter den Büschen hinter den Weiden. In kleine Streifen zerrissen – wir setzten es zusammen. Das Gesicht einer jungen Frau: dunkel, feiner Flaum, angenehm, direkt. Nicht besonders vergebend. Ich fürchte, das ist unsere Frau.

Wie schwer es fällt, dort im Wartezimmer zu hocken, auf dem Stuhl, am Tisch, mit der reuevollen Perfecto, und zuzusehen, wie die Verwundungen der Äpfel allmählich heilen.

»Wir helfen jenen, die es nötig haben«, sagte Vater Duryea bei unserem letzten Besuch, »nicht denen, die es verdienen.«

»Man tut, was man am besten kann«, sagte Hamilton, »nicht, was das beste für einen ist.«

»Ich tue, was ich kann.«

»Ich kann nicht erklären, was ich getan habe. Ich kann Sie nicht darum bitten, mir zu helfen.«

»Aber, bitte!«

»Ich bin ein Nichts. Ich bin tot. Ich bin einfach . . . ich bin noch nicht einmal . . .«

Vater Duryea setzte sich auf. Ebenso wie ich. Mit tiefer und distanzierter Stimme fuhr Hamilton fort: »Ich habe meine Vorstellung von der Zärtlichkeit menschlichen Fleisches verloren.«

Aha. Sinn. Hier kommt was. Es kommt alles heraus. Es war zu lange hier drin, und jetzt kommt alles heraus.

»Erklären Sie mir das!« sagte Vater Duryea.

»Wir haben unser Gefühl für den menschlichen Körper verloren. Sogar für unsere Kinder. Sogar für winzige Babys.«

Vater Duryeas Gesicht zog sich um den versengten Kern seiner Nase zusammen. Und er sagte: »Ich verstehe.«

»Sie wissen, wo ich war. In einer Lage wie jener verstehen sich bestimmte Handlungen wie von selbst.«

»Ich verstehe, mein Sohn.«

»Die Lage war wahnsinnig und unmöglich.«

»Man muß es nicht aussprechen.«

Hamilton befeuchtete sich die Wangen mit seinem Ärmel und schluchzte heftig. »Da waren Dinge . . .«

»Sprich!«

»Ich möchte noch immer heilen, Vater. Vielleicht so, indem man Gutes tut . . .«

»Hölle?«

»Ich bin in der Hölle gewesen.«

»Natürlich. Natürlich.«

»Ich habe gesündigt, Vater.«

»Du bist offenbar in Schwierigkeiten, mein Sohn.«

An dieser Stelle reichte Hamilton unsere verschiedenen *Laissez-passers* hinüber, und Vater Duryea versorgte ihn mit seinen neuen Dokumenten. Ehe er das tat, starrte Vater Duryea sie mehrere anstrengende Minuten lang an. Starrte sie mit seinen blutunterlaufenen Augen an. Unser Weggang war von den üblichen Formalitäten gekennzeichnet, den üblichen Komplimenten für mein nicht mehr verbesserbares Englisch.

Hamilton und ich verbrachten unsere letzte Nacht in Rom in einem sehr respektablen Hotel auf der Via Garibaldi in der Nähe der hohen Gefängnismauern. Diese Gefängnismauern waren so hoch, daß man sich tatsächlich fragte, wie der gewöhnliche italienische Verbrecher wohl gebaut war. Ich stellte mir eine Menagerie lasterhafter Giraffen mit schwarzen Zähnen vor, jede mit Aufschlitzer und Springmesser . . . Wir hatten sogar unser eigenes Badezimmer, in dessen Wanne wir uns für gut eine Stunde aalten. Saubere Brust. Saubere Hände.

Unser Name hat sich erneut geändert. Ich glaube kaum, daß er sich nochmals je ändern wird. Zunächst waren wir ziemlich beunruhigt, das muß gesagt werden, als wir jetzt Odilo Unverdorben genannt wurden. Und saubere Fersen. Unsere Reise nach Norden stand unter einem Schutzengel. Wir waren der Stab auf einem Staffellauf in den Krieg.

Mit dem Zug nach Bologna (wo ich mir die Stiefel kaufte), auf dem Güterwagen nach Rovereto; von da an bewegten wir uns in täglichen Eilmärschen von fünfzig oder sechzig Kilometern, stets unter Begleitung oder Überwachung, von Dorf zu Dorf, von Gehöft zu Gehöft, zu Fuß, auf einem Karren, in grotesken Automobilen. Und das Land, das mir meine Führer, meine Retter, zeigten, wie war es malerisch, die Gebäude aus erdfarbenem Ton, die Steine von der Färbung von Muskelfleisch in der milden Brise der Abenddämmerung. Wie dicht das Gras und wie schmuck bewaldet: Hier und jetzt ist das Haar der Erde dicht und schmuck, und die Kopfhaut darunter ist gesund, nicht wie *dort,* und nicht wie *zuvor,* fleckig und zernarbt. Dieses Land ist unschuldig. Es hat niemals etwas getan.

März und Februar verbrachten wir auf dem Brenner, wo wir in drei verschiedenen Gehöften blieben. Wenn auch kaum ideal, so waren unsere Lebensumstände doch erträglich asketisch und der inneren Vorbereitung dienlich. Persönlich verlangte es mich nach menschlicher Gesellschaft und nach Bewegung (einem schönen langen Marsch zum Beispiel), aber Odilo hatte zweifelsohne seine Gründe. Hatte seine Gründe für diese Wochen, die wir in Heuschobern und Kuhställen unter einem Haufen Decken verbrachten, mit nichts weiter zu tun als zu beten und zu beben. Wir vernahmen das unterschiedliche Wispern von Abend- und Morgendämmerung und das Gebell der Hunde, jedoch keine weiteren Gerüchte über den Krieg. An jenem Tag, da wir unsere Reise gen Norden wiederaufnahmen, schneite es.

Schneite ruhig, denn auf dem Boden lag viel Schnee, viele Schneeflocken mußten wie weiße Seelen zum Himmel aufsteigen. Mit Jeep und Lastwagen ging's fix durch die Dörfer und Städte Mitteleuropas. Viele davon waren bloß noch Schutt und Asche, und sie warteten darauf, vom Krieg wieder zusammengesetzt zu werden. Die Gebäude waren schwarz, warteten auf die Farbe des Feuers. Die Menschen waren verschmiert, niedergedrückt, sie warteten auf den Marschtritt der Armeen. Des Nachts schäumte Europa wie die Meere menschlicher Gestalten um die Öfen in den Wartesälen der Bahnstationen. Überall, wohin ich ging, gaben mir Männer Gold, und ihr Gesichtsausdruck war geladen von Kraft und Freude.

Ich wußte, das ganze Gold war heilig und unentbehrlich für unsere Mission. Dementsprechend vergruben wir unser Gold – am letzten Schauplatz, dem letzten Hof, in Sichtweite der Weichsel, wo wir es gut und warm hatten, wo wir die Köpfe der Kinder tätschelten und ihnen das Haar zausten und wo die gestreifte Matratze vor dem Feuer lag – wir vergruben unser Gold. Wir fluchten äußerst beredsam und beeindrukkend, während wir die Beutel Gold unter einem Komposthaufen hinter der Scheune vergruben. Natürlich war diese Handlung lediglich symbolisch: die vorübergehende Rückkehr des Goldes in die Erde. Weil wir es nämlich fünf Tage später wieder ausgruben, nachdem der Komposthaufen verschwunden war. Wenn er flucht, ruft Odilo den menschlichen Unrat an, von dem letztlich, wie wir wissen, alles Gute für den Menschen herrührt.

Wie viele Male habe ich mich selbst gefragt: Wann wird die Welt endlich einen Sinn ergeben? Doch die Antwort liegt dort draußen. Sie eilt über den rauhen Boden auf mich zu.

V

Hier gibt es kein Warum

Allmählich macht die Welt einen Sinn . . . *Jetzt.* Ich, Odilo Unverdorben, traf ein wenig überhastet am Bahnhof Auschwitz ein – auf einem Motorrad, mit dem ich Schlamm und Dreck aufwirbelte –, kurz nachdem die Bolschewiken ihren unrühmlichen Rückzug angetreten hatten. Hatte ich einen geheimen Passagier auf dem Motorrad oder in irgendeinem imaginären Beiwagen? Nein. Ich war allein. Ich war gleichfalls in voller Uniform. Jenseits der südlichen Umzäunung des Lagers, in einer Scheune ohne Dach, schlüpfte ich aus meinen groben Reisekleidern und legte voller Gefühl die schwarzen Stiefel, den weißen Kittel, die fellgesäumte Jacke, die spitze Mütze, die Pistole an. Das Motorrad hatte ich zuvor gefunden, eingekeilt in einem Graben. Oh, wie rasch ich mich da hinausschwang, mit welch beflügeltem Eifer, mit welcher Kühnheit –. Jetzt setzte ich mich auf die schwere Maschine und jagte den Motor mit erhobenem Handschuh auf volle Touren. Rings um mich her lag Auschwitz, Kilometer um Kilometer, wie ein kopfstehender Vatikan. Menschliches Leben, völlig zerrissen und zerfetzt. Aber jetzt war ich eins mit mir, zusammengeschweißt für einen außergewöhnlichen Zweck.

Die Schulterblätter wurden noch immer von der ostwärts davoneilenden russischen Artillerie durcheinandergerüttelt. Was hatten die Russen hier getan? Sie hatten etwas getan, wie es ein Tier tut: Es findet heraus, daß es voran geht, und es geht voran. Ich habe impulsiv reagiert. Um die Wahrheit zu sagen, ich hatte mich nicht gerade völlig in der Gewalt. Ich schrie (und die Schreie hörten sich an wie Schreie des Schmerzes und der Wut). Und wen schrie ich an? Diese Kleiderbügel und Violinbögen, diese H und Fragezeichen und dahinkriechenden W, hingestreut wie Überschriften in einem Revolverblatt? Ich marschierte; ich marschierte schreiend über die Brücke und die Eisenbahngeleise in den Birkenwald – hin zu jenem Ort, den ich einmal als Birkenau kennenlernen würde. Nach einer kurzen und wütenden Rast im Kartoffelkeller betrat ich das Frauenkrankenhaus, starrsinnig zu einer Inspektion entschlossen. Das war nicht angebracht. Ich sehe das jetzt (es war ein Anfall von Wo-Beginnen?). Meine Ankunft vertiefte lediglich die Verblüffung der paar wenigen Pfleger, ganz zu schweigen von den Patienten, die zu zweit oder zu dritt auf einem Strohsack lagen und noch immer nicht die Größe von Frauen hatten. Und Ratten, groß wie Katzen! Ich war erstaunt über die Gewalt, mit der mein Deutsch so ärgerlich aus mir hervorbrach, als sei es Jahrtausende lang zum Schweigen verurteilt gewesen. Im Waschraum ein weiteres vernichtendes Spektakel: Markstücke und Pfennige – gutes Geld – klebten an der Wand, zusammen mit menschlichem Schmutz. Ein Fehler: ein Fehler. Was hat das zu *bedeuten?* Schmutz, überall Schmutz. Sogar bei meiner Rückkehr durch die Abteilung, vorüber an Geschwüren und Ödemen, vorüber an Schlafwandlern und Schlafrednern, spürte ich das gierige Saugen an den Sohlen meiner schwarzen

Stiefel. Draußen: überall. Dieses Zeugs, dieses menschliche Zeugs, zu normalen Zeiten (und an zivilisierten Orten) appetitlich beschränkt auf Rohre und Rinnsteine, unterirdisch, unsichtbar – dieses Zeugs war über die Ufer getreten, wallte nach draußen und nach oben auf den Korridor, die Wände, sogar an die Decke des Lebens. Natürlich sah ich nicht unmittelbar die Logik und die Berechtigung des Ganzen. Ich sah nicht unmittelbar dies: daß wir jetzt, da die menschliche Scheiße ans Tageslicht getreten ist, die Möglichkeit erhalten herauszufinden, wozu dieses Zeugs wirklich imstande ist.

An jenem ersten Morgen brachte man mir ein karges Frühstück in die Offizierskantine. Ich war ziemlich ruhig, obgleich ich weder essen noch trinken konnte. Zusammen mit dem Schinken und Käse, der nicht von mir stammte, brachte man mir eisgekühltes Selterswasser. Es war nur noch ein weiterer Offizier anwesend. Ich war wild drauf, mein Deutsch zu erproben, aber wir sprachen nicht miteinander. Er hielt beide Hände um die Kaffeetasse gelegt, wie es eine Frau tut, wegen der Wärme; und man hörte, wie das Porzellan Morsezeichen an seinen Zähnen klapperte. Bei mehreren Gelegenheiten stand er mit einiger Gelassenheit auf, ging ins Bad und kehrte zurück, wobei er wenig elegant an seinem Gürtel fummelte. Das war, wie ich bald einsah, eine Art Akklimatisierung. Denn die ersten paar Wochen kam ich selbst kaum von der Kloschüssel herunter.

In meinem völlig stillen Schlafzimmer liegt eine Matte von blassem Orange auf dem Fußboden neben dem Bett. Um die schwache Feuchtigkeit meiner deutschen Füße willkommen zu heißen, wenn ich mich hinhaue. Um die schwache Feuchtigkeit meiner deutschen Füße willkommen zu heißen, wenn ich mich erhebe.

Während der zweiten Woche füllte sich das Lager allmählich. Zunächst tröpfchen-, dann hordenweise. All dies beobachtete ich durch ein Guckloch, unter einer Werkbank in einer nicht benutzten Vorratskammer in Richtung auf den Birkenwald, mit einer Decke, einer Flasche Kümmel – und einen Rosenkranz befingernd wie eine Rechenmaschine, während ich sie zählte. Mir wurde klar, daß ich ein paar ähnliche Prozessionen auf meinem Weg nach Norden durch die östliche Tschechoslowakei gesehen hatte, in Gottwaldov und Ostrava. Der gesunde Marsch und die erfrischenden Temperaturen hatten den Männern offensichtlich gutgetan, obgleich ihr Zustand bei der Ankunft doch einiges zu wünschen übrigließ. Und *es waren nicht genügend.* Wie in einem Traum wurde man von Fragen des Fassungsvermögens gepeinigt, von unergründlichen Diskrepanzen. In der Anzahl von Hunderten, ja, sogar von Tausenden vermochten diese Nachzügler niemals das gähnende Universum des KZs zu füllen. Eine weitere Quelle, ein weiteres Maschinenhaus, wurde verzweifelt gebraucht ... Als ich mich aus dem Schuppen wagte (wo mein Motorrad ebenfalls stand; ich wartete es immerfort in fiebrigem Stolz), waren die Tage der Knappheit halb vorüber. In der Offizierskantine ging es jetzt lebhafter zu, und ständig trafen Neue ein. Es war merkwürdig – nein, es war richtig, daß wir uns alle kennen sollten, als geschehe das automatisch: wir, die wir uns hier zu einem außergewöhnlichen Zweck versammelt hatten. Mein Deutsch funktionierte traumhaft, wie bei einem brillanten Roboter, den man anschaltet, daraufhin zurücktritt und ihn bewundert, während er alle harte Arbeit erledigt. Auch der Mut traf ein, in Gestalt uniformierter menschlicher Einheiten, von der Anzahl und vom Wagemut her der Aufgabe angemessen, der wir uns gegenüber sahen. Wie gutaussehend Männer sind. Ich meine ihre Schultern, ihre gewaltigen Nacken. Am Ende der zweiten Woche war unser Klubraum Schauplatz grölenden Gesangs und stürmischen Gelächters. Eines Nachts, ich lief dabei gegen den Türpfosten und stolperte über einen Kameraden, ging ich hinaus in den Graupelschauer, fand die Toiletten alle besetzt, und während ich mich hinkauerte, die Wange gegen die kalten Dielen gedrückt, spähte ich durch die stinkenden Schatten von Auschwitz und sah die nächstgelegenen Ruinen mehr denn je rauchen. Sie hatten sogar zu glühen begonnen. Ein neuer Geruch lag in der Luft. Dieser süßliche Geruch.

Wir benötigten Magie, um die Bedeutung dessen zu lösen, was uns umgab, was durch tiefes Nachdenken kaum möglich war: Wir benötigten jemand Gott-Ähnlichen – jemanden, der diese Welt sich drehen lassen konnte. Und er kam im Lauf der Zeit . . . Kein großgewachsener Mann, sondern von den üblichen Ausmaßen; kalt und schön, wahrhaftig, mit selbstverzückten Augen; anmutig, in seiner athletischen Autorität von keuscher Anmut; und ein Arzt. Ja, ein einfacher Arzt. Das war vielleicht ein Auftritt, kann ich Ihnen sagen. Durch den Birkenwald kam der blitzendweiße Mercedes-Benz, aus dem er in seinem Militärmantel hervorschoß, daraufhin über den Hof eilte und Befehle ausstieß. Ich wußte seinen Namen und murmelte ihn vor mich hin, während ich aus dem Vorratsschuppen hinübersah, neben mir der Schnaps und das Toilettenpapier: ›Onkel Pepi‹. Der Abfall und die Ruinen vor ihm zitterten jetzt im Feuer, und er stand da, die Hände in die Hüften gestemmt, und sah zu, wie sich seine Macht im Rauch versammelte. Langsam wandte ich mich ab und spürte den Ansturm und den Schlag vehement wiederbelebter Materie. Als ich mit einem Ausruf den Blick zurück auf das Loch richtete, wo nirgendwo mehr Rauch aufstieg, sondern lediglich das erforderliche Gebäude stand, perfekt, bis hinab zu den Schwertlilien und dem niedrigen Lattenzaun, der den Weg säumte, vor dem ›Onkel Pepi‹ jetzt stand, einen Arm abgewinkelt und erhoben. Selbst bis hinab zu dem großen Schild oberhalb der Tür: BRAUSEBAD. »Brausebad«, flüsterte ich mit einem ehrerbietigen Keuchen. Jetzt aber ging ›Onkel Pepi‹ weiter. An jenem Morgen, da ich mit klappernden Zähnen und voller Erwartung auf dem hölzernen Fußboden des Vorratsschuppens lag, vernahm ich fünf weitere Explosionen. Geschwindigkeit und Verschmelzung sogen die geschockte Luft ein. Am nächsten Tag waren wir bereit, an die Arbeit zu gehen.

Was sagt mir, das das hier richtig ist? Was sagt mir, daß alles übrige falsch war? Sicherlich nicht mein Sinn für Ästhetik. Niemals würde ich behaupten, daß Auschwitz-Birkenau-Monowitz etwa gut anzusehen gewesen wäre. Oder gut anzuhören, oder daß es gut roch, oder daß es gut schmeckte. Unter meinen Kameraden dort herrschte eine allgemeine, wenn auch ziellose Suche nach größerer Eleganz. Ich verstehe dieses Wort und alles, was es umfaßt: *elegant.* Nicht wegen seiner Eleganz kam ich soweit, den abendlichen Himmel zu lieben, höllisch rot beim Einsammeln der Seelen. Erschaffen ist leicht. Auch häßlich. Hier gibt es kein Warum. Hier gibt es kein Wann, kein Wie, kein Wo. Unsere beständigen Absichten? Eine Rasse zu erträumen. Menschen aus dem Wetter zu formen. Aus Donner und Blitz. Mit Gas, mit Elektrizität, mit Scheiße, mit Feuer.

Ich oder ein Arzt gleichen Ranges waren bei jedem Stadium des Ablaufs anwesend. Man brauchte nicht zu wissen, warum die Öfen so häßlich waren, so entsetzlich häßlich. Ein tragisches, mächtiges Insekt von zweieinhalb Metern Höhe, gemacht aus Rost. Wer wollte auf einem Ofen wie dem hier kochen? Flaschenzüge, Ventilkolben, Kamine und Ventile waren die Organe der Maschine . . . Die Patienten, noch immer tot, wurden von einem bahrenähnlichen Apparat angeliefert. Die Luft fühlte sich von der Hitze der Schöpfung dick und verzerrt an. Hierauf in die Kammer, wo die Körper sorgfältig und, aus meiner Sicht, auf Anhieb nicht verständlich aufgestapelt wurden, Babys und Kinder auf dem Grund des Haufens, dann die Frauen und Älteren, und dann die Männer. Es war mein unverrückbarer Glaube, daß es besser andersherum gewesen wäre, weil die Kleinen dabei das Risiko eingingen, unter dem Druck des nackten Gewichts verletzt zu werden. Aber es funktionierte. Manchmal, und dabei kräuselten sich meine Züge eigentümlich zu einem Lächeln und Stirnrunzeln, beobachtete ich die Fortschritte durch den Sichtschlitz. Für gewöhnlich mußte man lange warten, während das Gas unsichtbar durch die Ventilatoröffnungen eingebracht wurde. Die Toten sahen so tot aus. Tote Körper haben ihre eigene Sprache. Sie besagt nichts. Ich fühlte stets eine schreckliche Erleichterung, wenn sich die ersten regten. Dann war's wiederum häßlich. Nun ja, wir schreien und winden uns und sind nackt an beiden Enden des Lebens. Ich war's, Odilo Unverdorben, der persönlich die Kartuschen mit Zyklon B entfernte und sie dem Apotheker in seinem weißen Kittel aushändigte. Als nächstes folgte die Fassade des Brausebads, die Funktion seiner Brausen und Abflüsse (und numerierten Sitze und Garderobenmarken und Schilder in sechs oder sieben Sprachen) bestand lediglich darin, Sicherheit zu verleihen, und nicht, um

Gottes willen, zu säubern; darauf der Gartenweg dahinter.

Kleider, Brillen, Haare, Hosenträger und so weiter – das kam später. Völlig einsichtig jedoch war, um nutzlosem Leid vorzubeugen, daß die zahnärztlichen Arbeiten gewöhnlich erledigt wurden, während die Patienten noch nicht am Leben waren. Damit beschäftigten sich die *Kapos,* grob, jedoch effektiv, mit Messern oder Meißeln oder irgendwelchen anderen Werkzeugen, die gerade zur Hand waren. Der größte Teil des Goldes, das wir benutzten, kam direkt von der *Reichsbank.* Aber jeder der anwesenden Deutschen, selbst der ärmlichste, gab freiwillig aus den eigenen Vorräten ab – ich mehr als jeder andere Offizier außer ›Onkel Pepi‹ selbst. Ich hatte *gewußt,* daß mein Gold eine heilige Bestimmung hatte. Alle jene Jahre, da ich es angehäuft und inbrünstig poliert hatte: für die Zähne der Juden. Die Kleiderbündel wurden vom Reichsjugendführer beigesteuert. Haare für die Juden kamen liebenswürdigerweise von der Filzfabrik A.G. in Roth, in der Nähe von Nürnberg. Güterwagenweise. Güterwagen um Güterwagen.

An dieser Stelle möchte ich trotz und alledem einen von mehreren möglichen Einwänden oder Vorbehalten aufzeichnen. Im Brausebad zogen sich die Patienten schließlich die zur Verfügung gestellten Kleidungsstücke an, die, obgleich nur selten sauber, zumindest jedoch zweckmäßig geschnitten waren. Dabei hatten die Wächter die Angewohnheit, die Frauen zu betasten. Manchmal – mit Sicherheit –, um ein Schmuckstück zu verschenken, einen Ring, eine kleine Kostbarkeit. Zu anderen Zeiten jedoch ziemlich ohne Gegenleistung. Oh, ich glaube, sie meinen es gut. Es geschieht auf die unausrottbare deutsche Art: übermütig und mit strahlendem Gesicht. Und sie tun es auch lediglich bei den wütenden Frauen. Und es hat unumstößlich zur Folge, daß sie sich beruhigten. Eine Berührung, und sie werden apathisch und gehemmt wie alle anderen. (Die manchmal wimmern. Die uns mit unglaublicher Verachtung anstarren. Aber ich verstehe, in welchem Zustand sie sich befinden; ich sympathisiere mit ihnen; ich billige alles.) Es mag symbolisch sein, dieses Betasten der Frauen. Leben und Lieben müssen weitergehen. Leben und Lieben müssen entschieden und verstärkt weitergehen: hier, darum sind wir alle hier. Doch ist da auch die Patina der Grausamkeit, der hochgradigen Grausamkeit, als würde das Erschaffen korrumpieren . . .

Ich möchte die Körper der Mädchen nicht betasten. Wie man sehr wohl weiß, runzele ich bei derartigen Schikanen die Stirn. Ich möchte sie noch nicht einmal ansehen. Die kahlköpfigen Mädchen mit ihren riesigen Augen. Gerade erschaffen, noch ganz roh nach ihrer Genesis. Ich bin *ein wenig* besorgt darum: Ich meine, dieses Zartgefühl paßt so gar nicht zu meinem Charakter. Die Delikatheit der Situation – gemeinsam mit ihren Eltern und oftmals ihren Großeltern und so (wie in einem verteilten erotischen Traum) – könnte kaum das Fehlen jeglicher visueller Stimulation erklären; und ich komme mit den Mädels im Offizierspuff ganz prima zurecht. Nein, meiner Ansicht nach hat das etwas mit meiner Frau zu tun.

Die überwältigende Mehrzahl der Frauen, der Kinder und der Alten stellen wir aus Gas und Feuer her. Die Männer gehen natürlich, wie es auch recht ist, einen anderen Weg der Wiederherstellung. *Arbeit macht frei* sagt das Schild auf dem Tor mit typischer Schroffheit und unabsichtlicher Beredsamkeit. Die Männer arbeiten für ihre Freiheit. Da gehen sie nun hin in der herbstlichen Abenddämmerung, in ihren leichten Pyjamas, und die Musik spielt dazu. Sie marschieren in Fünferreihen, in hölzernen Clogs. Sehen Sie hin! Sie machen etwas mit ihren Köpfen. Sie beugen den Kopf zurück, bis ihre Gesichter dem Himmel völlig geöffnet sind. Ich hab's nachzumachen versucht. Ich versuche es, und ich kann's nicht. Da gibt es diesen Wulst von Fleisch in meinem Nacken, den die Männer nicht haben. Die Männer kommen schrecklich dünn hierher. Man kann bei ihnen kein Stethoskop ansetzen. Die Abtastmuschel liegt wie eine Brücke auf den Rippen. Das Herz hört sich an wie von ganz weit entfernt.

Da gehen sie hin, zur täglichen Arbeit, die Köpfe in den Nacken gelegt. Zunächst war ich verwirrt, doch jetzt weiß ich, warum sie das tun, warum sie ihre Kehlen dermaßen überdehnen. Sie suchen nach den Seelen ihrer Mütter und ihrer Väter, ihrer Frauen und ihrer Kinder, die sich im Himmel versammeln – auf ihre menschliche Gestalt warten und auf ihre Vereinigung . . . Der Himmel über der Weichsel ist voller Sterne. Jetzt kann ich sie ansehen. Sie schmerzen mir nicht mehr länger in den Augen.

Die Wiedervereinigungen der Familien und die vorbereiteten Hochzeiten, bekannt als *die Selektion an der Rampe,* waren die regelmäßigen Höhepunkte der KZ-Routine. Es ist ein Gemeinplatz zu sagen, daß der Triumph von Auschwitz im wesentlichen ein organisatorischer war: Wir fanden das Opferfeuer, das sich im Herzen des Menschen verbarg – und bauten eine Autobahn dorthin. Wie jedoch sollte man die göttliche Gleichzeitigkeit an der Rampe erklären? Im selben Augenblick, da die Schwachen und die Jungen und die Alten vom Brausebad zur Bahnstation gebracht wurden, so gut wie neu, beendeten ihre Männer die festgesetzte Zeit des Arbeitsdienstes und wagten sich heran, um sie für sich in Anspruch zu nehmen, dort, an der Rampe, ein wenig zerzaust, sicherlich, aber stark und schlank von der harten Arbeit und der strikten Diät. Als Ehestifter war uns die Bedeutung des Wortes *Fehlschlag* unbekannt; an der Rampe war ein überwältigender Erfolg so billig zu haben wie Spucke. Wenn die Familien zusammenkamen, wie sehr flehten Hände und Augen um den anderen, unter unserem nachsichtigen Blick. Wir feierten sie bis weit in die Nacht. Ein Wächter spielte mit eingeknickten Knien Akkordeon und wiegte sich hin und her. Und wir tranken wie die Löcher. Die Herrengesellschaft auf der Rampe, und die *Kapos* schoben die Männer, wie die besten Freunde der Stallburschen, in den wartenden Viehwaggon – frisch mit Dreck und Scheiße besprüht für die Reise in die Heimat.

Das Auschwitz-Universum war, wenn man es so ausdrücken darf, absolut analozentrisch. Es war aus Scheiße *gemacht.* In den ersten Monaten mußte ich noch meine natürliche Aversion überwinden, ehe ich die fundamentale Seltsamkeit des Produktionsprozesses verstand. Die Erleuchtung drängte sich mir förmlich auf, als ich eines Tages sah, wie der alte Jude zur Oberfläche der tiefen Latrine hinauftrieb, wie er sich, um sich spritzend und schlagend, ins Leben kämpfte und von den jubilierenden Wächtern herausgehievt wurde, die Kleidung vom Dung gesäubert. Daraufhin legten sie ihm wieder den Bart um. Ich fand es gleichfalls heilsam, dem *Scheißekommando* bei der Arbeit zuzusehen. Diese Abteilung hatte die Aufgabe, die Gräben aus den Dungwagen wieder aufzufüllen, nicht mit Eimern oder so etwas, sondern mit flachen hölzernen Spaten. Tatsächlich waren viele Arbeitsprogramme des Lagers ganz klar unproduktiv. Jedoch waren sie auch nicht destruktiv. Fülle jenes Loch. Grabe es wieder aus. Bewege das. Dann bewege es zurück. Therapie war die Order des Tages . . . Das *Scheißekommando* setzte sich aus unseren kultiviertesten Patienten zusammen: Akademiker, Rabbis, Schriftsteller, Philosophen. Bei der Arbeit sangen sie Arien, pfiffen Bruchstücke von Symphonien, rezitierten Gedichte und sprachen über Heine, Schiller und Goethe . . . In der Offizierskantine, wo wir dabei sind zu trinken (wir trinken fast immer) und wo Scheiße stets in aller Munde ist, bezeichnen wir Auschwitz manchmal als Anus Mundi. Und ich kann mir keine bessere Huldigung ausmalen.

Es gibt andere bezeichnende Beispiele von Lagerjargon. Der Hauptofenraum wird *Himmelsblock* genannt, die Hauptzufahrtsstraße *Himmelsstraße.* Kammer und Brausebad sind, ausgesprochen sarkastisch, bekannt als das *Zentralkrankenhaus. Sommerfrische ist unser Ausdruck für einen Arbeitseinsatz hier, zu jeder Jahreszeit: Sommerfrische suggeriert immerwährende Ferien von einer unangemessenen Realität. Wenn wir niemals* meinen, sagen wir *morgen früh* – ähnlich wie die Spanier, die sagen *mañana.* Die dünnsten Patienten, jene, deren Gesichter nichts mehr weiter sind als ein Dreieck aus Knochen rund um die Augen, sie sind die *Muselmänner:* nicht, wie ich zunächst geglaubt hatte, als ein ironischer Seitenhieb auf *Muskelmänner.* Nein. Die Steifheit in den Hüften und Schultern lassen an *Muslime* denken – Muslime beim Gebet. Natürlich sind es keine Muslime. Es sind Juden. Na ja, bei uns sind sie konvertiert. Wann wird es geschehen, wann werden die Juden konvertieren? Morgen früh. Den Tratsch und Klatsch, bei dem die männlichen Patienten oftmals so überreagieren, bezeichnen wir nachsichtig als *Latrinengeschwätz.*

Hier gibt es kein Warum . . . Enttäuschenderweise wird mein Deutsch nicht besser. Ich spreche es, und ich versteh's anscheinend auch, und ich gebe Befehle auf deutsch und führe Befehle aus, die auf deutsch erteilt wurden, aber auf einer gewissen Ebene prägt es sich einfach nicht ein. Mein Deutsch ist besser als mein Portugiesisch. Ich glaube, ich habe eine Menge vergessen, weil ich umgangssprachliches Englisch erlernt habe. Das war mein Vorteil. Es ist schon eine komische Sprache, Deutsch. Zum Beispiel schreit sie jeder. All diese sehr langen Worte: der Buchstabenglaube, die Bausatzformanhäufung. Sie klingt befehlshaberisch, weil jeder Satz mit einem solchen Verb anfängt. Und nehmen Sie mal die erste Person Singular: *Ich.* ›Ich‹. Kein Meisterwerk der Selbstvergewisserung, nicht wahr? *I* klingt edel und erhaben. *Je* hat eine gewisse Stärke und Vertrautheit. *Eo* ist ganz in Ordnung. Mit *Yo* kann ich etwas anfangen. Yo! Aber *Ich!* Es ist ein Geräusch, das ein Kind von sich gibt, wenn es konfrontiert wird mit der eigenen . . . Vielleicht ist das ein Teil des Zwecks der Übung. Zweifellos wird alles viel klarer werden, wenn mein Deutsch besser wird. Wann wird das sein? Ich weiß es. Morgen früh!

Im Offizierspuff, der passenderweise an der entferntesten Ecke des Experimentier-Blocks liegt (vor dessen Fenstern ständig die Rolläden herabgelassen oder die Fensterläden vorgelegt sind), habe ich die erotischen Gewohnheiten eines ganzen Lebens geändert. Vieles von der alten Intensität ist verschwunden. Vieles von der Aufmerksamkeit fürs Detail, was früher meinen Umgang mit dem sanfteren Geschlecht zu kennzeichnen pflegte. Es mag daran liegen, daß ich mir jetzt meines Status als Ehemann bewußt bin (und meine Kameraden erinnern mich oftmals scherzhaft daran). Es mag auch eine Art und Weise sein, alle meine Tätigkeiten mit dem Ethos des KZs in Einklang zu bringen, oder einfach ein Gefühl des Überdrusses an der weiblichen Spezies. Aber meine Vorstöße in Sachen Liebe – so jäh, so eilig, so hilflos, so hoffnungslos – sind einzig und allein auf die Quelle der universellen Erhaltung und Fruchtbarmachung gerichtet. Die kahlen Huren geben uns kein Geld. Wir stellen keine Fragen. Hier gibt es kein Warum.

Ich habe einen Briefwechsel mit meiner Frau aufgenommen, Herta. Hertas Briefe kommen nicht aus dem Feuer, sondern aus dem Müll. Und sie sind in Deutsch verfaßt. Meine Briefe an Herta werden mir von der Ordonnanz gebracht. Ich lösche sie sorgfältig aus, hier, des Nachts, im stillen Zimmer. Mir bleiben hübsche Blätter weißen Papiers. Doch wozu? Meine Briefe sind gleichfalls auf deutsch geschrieben, obwohl sie englische Brocken enthalten und vom Tonfall her auf spielerische Weise pädagogisch sind. Meiner Ansicht nach macht es Sinn, daß Herta und ich einander auf diese Weise kennenlernen sollen. Wir sind Brieffreunde.

Wie es aussieht, hat meine Frau bereits Vorbehalte unserer Arbeit gegenüber entwickelt.

Offensichtlich muß das Mißverständnis bald ausgeräumt werden. Da ist auch noch die Angelegenheit mit *dem Baby*. »Mein Liebling, meine Einzige, mein Alles, es wird andere Babys geben«, schreibe ich ein wenig verwirrend. »Es wird *viele* kleine Babys geben.« Der Tonfall des Ganzen gefällt mir nicht so recht. Ist das Baby – ist *das Baby* das *Bomben-Baby?* Das Baby, das soviel Macht über seine Eltern ausübt? Ich glaube es nicht. Unser Baby (das einen Namen hat: Eva) übt eine gewaltige Macht *als Subjekt* aus. Nicht jedoch die körperliche Macht, die das Bomben-Baby ausgeübt hat, über seine Eltern und über alle anderen in dem schwarzen Raum: etwa dreißig Seelen.

Ihr Photo, das ich in Rom gefunden habe, in den Gärten des Klosters – ich nehme es heraus und betrachte es. Des Nachts sind meine Augen tränenerfüllt. Des Tags jedoch stürze ich mich auf meine Arbeit. Ich frage mich, ob es mit den Opfern, jemals ein Ende haben wird.

›Onkel Pepi‹ war überall. Das hat man am häufigsten über ihn gesagt. Zum Beispiel: »Es ist, als wäre er überall gleichzeitig«, oder: »Der Mann ist anscheinend überall«, oder, einfacher: »›Onkel Pepi‹ ist überall.« Allgegenwärtigkeit war eines von mehreren Attributen, die ihn in die Sphäre eines Übermenschen erhoben. Er war, für Auschwitz, auch phantastisch sauber; wenn er gegenwärtig war, und er war überall gegenwärtig, war ich mir der verschiedenen Schnitte vom Rasieren auf meinen empfindlichen Wangen bewußt, meines kurzen, jedoch störrischen Haars, des unglücklichen Sitzes meiner Uniform, meiner glanzlosen schwarzen Stiefel. Sein Gesicht war katzenhaft von der Form her, breit an den Wangenknochen, und er blinzelte so langsam wie eine Katze. An der Rampe spielte er eine glänzende Rolle, mit seiner eleganten Abfolge von Bewegungen bei der Auswahl. Man spürte, daß er die Rolle eines menschlichen Wesens lediglich spielte. Selbstisoliert, wie er war, gab sich ›Onkel Pepi‹ nichtsdestoweniger auf die beste Weise freundlich-herablassend und war im Grunde ungewöhnlich kameradschaftlich – nicht so sehr gegenüber den Jüngeren wie mir selbst, natürlich, sondern eher gegenüber den älteren Medizinern, wie Thilo und Wirths. Ich hatte, nebenbei gesagt, das Privileg – und das fast regelmäßig –, ›Onkel Pepi‹ in Zimmer 1 im Block 20 zu assistieren, und später sogar in Block 10.

Zimmer 1 erkenne ich aus meinen Träumen wieder. Die rosafarbene Gummischürze an ihrem Haken, die Instrumentenschüsseln und Isolierkannen, das blutige Leinen, die Halbliter-Subkutanspritze mit ihrer dreißig Zentimeter langen Nadel. Das ist das Zimmer, hatte ich gedacht, wo sich etwas Traurig-Tödliches entschied. Aber Träume sind spielerisch, und es gefällt ihnen, zu necken und sich über die Wahrheit lustig zu machen . . . Schon wenn sie bereits Lebenszeichen von sich gaben, wurden die Patienten von einem Haufen nebenan herangeschafft und auf den Stuhl in Zimmer 1 geschnallt, das aussah wie das, was es war, nämlich ein Labor im Institut für Hygiene, eine Welt von Retorten und Flaschen. Mit der Spritze konnte man auf zwei Weisen verfahren, intravenös und kardial, wobei ›Onkel Pepi‹ dazu neigte, letzterem den Vorzug zu geben, weil es wirkungsvoller und humaner war. Wir taten beides. Kardial: Dem Patienten waren mit einem Tuch die Augen verbunden, die rechte Hand lag im Mund, um das Gewinsel zu unterdrücken, die Nadel wurde in die tiefe Furche zwischen vierte und fünfter Rippe gedrückt. Intravenös: Der Patient mit dem Unterarm auf dem Tisch, die Adernpresse am Gummi, die heraustretenden Vene, die Nadel, der wohlüberlegte Spritzer Alkohol. ›Onkel Pepi‹ mußte sie dann manchmal mit ein paar Schlägen ins Gesicht zur Besinnung bringen. Die Leichen waren rosafarben und blau gestreift. Der Tod schimmerte rosafarben und gelblich, und er wurde in einem Glaszylinder mit der Aufschrift *Phenol* gefüllt. Nach einem solchen Tag spaziert man in seinem weißen Kittel und den schwarzen Stiefeln hinaus, mit dem vertrauten Kopfschmerz, der melancholischen Perfecto und dem sauren Aufstoßen des Frühstücks, das sich im Mund sammelt, und der östliche Himmel sieht aus wie Phenol.

Er führte. Wir folgten. Die Arbeit mit dem Phenol wurde völlig zur Routine. Die ganze Zeit über haben wir's alle getan. Erst viel später sah ich, wozu ›Onkel Pepi‹ imstande war. In Block 10.

Im Frühjahr des Jahres 1944 kam meine Frau Herta zum erstenmal zu Besuch nach Auschwitz, vielleicht ein etwas unglücklicher Termin: Wir waren gerade mit den ungarischen Juden beschäftigt, und das in einer unglaublichen Anzahl, sowas wie 10000 pro Tag. Unglücklich deshalb, weil ich praktisch fast jede Nacht meinen Pflichten an der Rampe nachgehen mußte, wobei ich die Arbeit gleichfalls etwas unpersönlich fand, denn die *Selektion* fand jetzt mit dem Lautsprecher statt (so groß war der Verkehr), und ich hatte nur wenig zu tun, außer mit meinen Kameraden dort zu trinken und zu grölen – auf diese Weise versagte ich Herta jene Art ungeteilter Aufmerksamkeit, wonach es eine jede junge Frau verlangt . . . Warten Sie. Lassen Sie mich die Sache anders ausdrücken.

Alles war für sie bereit. Umsichtig wie eh und je hatte Dr. Wirths die Nebengebäude seines eigenen Wohnquartiers zur Verfügung gestellt – eine hübsche Wohnung (mit eigener Küche und Bad), hinter deren gemusterten Spitzenvorhängen ein hoher weißer Zaun lag. Dahinter unsichtbar die heilsame Kakophonie des KZs . . . Gegenwärtig hatte Dr. Wirths seine Frau und die drei Kinder bei sich. Ich hoffte, daß Herta einen gewissen Teil ihrer Zeit damit verbrachte, mit den kleinen Wirthsens zu spielen. Obgleich das vielleicht ein heikles Thema berührte . . . Ich saß auf dem Sofa, leise weinend; ich wünschte mir wohl, daß Auschwitz besser aussähe, als es der Fall war, gerade jetzt, mit der brütenden Hitze und der Fliegenplage; die Fliegen kamen aus dem Sumpf. Als ich den Dienstwagen näher kommen hörte, ging ich hinaus in das blasse Braun des Vorgartens. Was erwartete ich? Die vertraute Verlegenheit, nehme ich an. Vorwürfe, Anklagen, Traurigkeit – vielleicht sogar kraftlose Schläge von kraftlosen Fäusten. Was sich dann zumindest zum Teil in Luft auflösen würde, in jener ersten Nacht, beim Liebesakt. Oder sicherlich in der zweiten. So begannen die Dinge *gewöhnlich*. Was ich nicht erwartet hatte, war das Aussprechen der Wahrheit. Die Wahrheit war das letzte, wozu ich bereit war. Ich hätte es wissen sollen. Schließlich hat die Arbeit hier in Auschwitz eine neue Gewohnheit angenommen. Sie ergibt Sinn.

Der Fahrer blickte sentimental drein, als sie aus dem Wagen stieg und den Weg heraufkam. Dann wandte sie sich um und stellte sich mir. Sie sah dem Photo überhaupt nicht ähnlich. Das Mädchen auf dem Photo, dessen Gesicht so klar war.

»Du bist mir wie eine Fremder«, sagte sie. *Fremder.*

»Bitte«, sagte ich. »Bitte. Mein Liebling.« *Bitte. Liebling.*

»Ich kenne dich nicht«, sagte sie. *Ich kenne dich nicht.*

Herta hielt den Kopf gesenkt, als ich ihr in den Mantel half. Und irgend etwas hüllte mich ein, irgend etwas, das zu meinen Ausmaßen paßte, wie ein Anzug oder eine Uniform. Über allem, was ich trug, und es war von Kummer zerfurcht.

Ihre Scheu erwies sich als unerschütterlich. Wir aßen schweigend, tatsächlich wortlos, unseren Hackbraten. Herta hantierte ausgesprochen ungeschickt mit dem schweren Besteck und dem schwedischen Glasgeschirr. Als die Ordonnanz ging, stand sie auf, setzte sich aufs Sofa und starrte auf meinen hübschen Teppich. Ich setzte mich zu ihr. Sie erwies sich als immun gegenüber meinen leichtsinnigen, jedoch ziemlich hölzernen Komplimenten, jenen Worten, womit ich so schwer umzugehen verstand. Ich fühlte mich eigentlich selbst alles andere als wohl. Und es wurde schlimmer und schlimmer, als der Morgen dahinging. Und dann ganz und gar schrecklich nach einem konvulsivischen Besuch des kleinen, jedoch hallenden Bads, dessen Atmosphäre geladen war von einander jagenden Strömungen mit einem Beigeschmack von Feuer. Ziemlich erschöpft begab ich mich zu Bett, ohne mich mit dem Ausziehen aufzuhalten. Als ich gegen 4 Uhr, noch immer in Stiefeln, erwachte, lag sie neben mir, vergraben in ihr wollenes Nachthemd und deutlich flüsternd *nein. Nie. Nie* Sie ließ sich nicht beruhigen, nicht von noch soviel Streicheln und zärtlichen Worten (und gutmütigen Spötteleien). Ich stieg aus dem Bett – bäh! – und sammelte mich daraufhin selbst vom Fußboden auf. Herta schlief jetzt fest. Ich erinnere mich daran, gedacht zu haben, wie weiß und kalt und still ihr Gesicht aussah, ohne auch nur den Hauch eines Gedankens oder einer Empfindung, als ich mich stolpernd zum Tumult an der Rampe aufmachte.

Unser Unternehmen war ein menschliches, doch das Königreich der Tiere spielte seine Rolle in der neuen Ordnung des Daseins. Wagenladungen von Leichen wurden von Maultieren und Ochsen von den Massengräbern herangeschoben, dumpf, ohne tierischen Kommentar. Die grasenden Kühe sahen nicht auf, ihre Gleichgültigkeit schien zu besagen: *Das ist alles in Ordnung. Darüber muß man kein Wort verlieren*, so, als sei's nichts weiter Ungewöhnliches, eine solche Vielzahl aus dem Himmel über dem Fluß herabzubeschwören. Wir hielten auch Kaninchen, auf die gleiche Weise, wie wir mit den Menschen umgingen, improvisiert und mit verzweifelter Brillanz. Männer trennten sich von den Säumen an ihren Militärmänteln, um die kleinen Wesen mit Fell zu versorgen. Und dann waren da natürlich die Hunde, Boxer: ihre zerknautschten Gesichter, ihre Dekken zeigten das allgegenwärtige Zeichen des verdrehten Kreuzes, zu Ehren der Juden, die sie mit ihren Zähnen, mit Geifer und den bebenden Kieferknochen heilten.

In der Kantine wurde mir gesagt (ich glaube, ich hab's richtig mitbekommen): Juden stammten von Affen ab (von *Menschenaffen)*, ebenso wie Slawen und so weiter. Die Deutschen hingegen waren von Beginn an im Eis eingeschlossen gewesen, von Beginn der Zeit des verschollenen Kontinents Atlantis. Das ist gut zu wissen. Eine meteorologische Unterabteilung beim *Ahnenerbe* hat sich damit beschäftigt. Offiziell arbeiten diese Wissenschaftler an Langzeit-Wetterprognosen; in Wahrheit versuchen sie, die Theorie des kosmischen Eises ein für allemal zu beweisen.

Es klingt so vertraut. Atlantis . . . Zwillinge und Zwerge. Das *Ahnenerbe* ist eine Abteilung der *Schutzstaffel*. Vom *Ahnenerbe* erhält ›Onkel Pepi‹ seine Schädel und Knochen.

Weibliche Listen sind mir natürlich nicht fremd. Aber ich war enttäuscht, ich war sehr enttäuscht, als die zweite Nacht mit Herta nicht besser verlief als die erste. Nicht anders verlief, Tatsache. Wird nichts das Eis zum Schmelzen bringen – das kosmische Eis der Ehe? Die Idee eines Allmählich-miteinander-vertraut-werdens war nicht ohne anfänglichen Reiz. Aber sicherlich, dachte ich, in der dritten und letzten Nacht, die wir ganz für uns selbst hätten . . .

Hertas Nachtgewand ist kindisch. Gemustert mit Elfen und Kobolden. Ich bettelte sie an, diese Kobolde und Elfen. Wie rasend, die ganze Nacht über, bettelte ich im Bett – ok, bettelnde nächtliche Bettwanze . . . Es hat Zeiten gegeben, früher, da ich ruhiger war und wir ein bißchen plaudern konnten. In Tränen aufgelöst sprach sie von *dem Baby*; und das Baby hörte sich ein wenig unheilvoll an. Ich erhielt gleichfalls den bestimmten Eindruck, daß Herta die Arbeit mißfällt, die ich hier tue. Erbost nannte sie mich flüsternd bei Namen, die ich nicht verstand. Sie ließen ihr Gesicht häßlich erscheinen, sogar im Dunkeln. Warum kann ich keine Antwort geben?

Am nächsten Tag war sie verschwunden, und in der nächsten Nacht war ich wieder an der Rampe. Den Cupido spielend. Ich weiß noch immer nicht, wie meine Frau aussieht. Sie hat mir nie ins Auge geblickt. Nein. Ich habe ihr nie ins Auge geblickt. Die Dinge werden besser werden. Irgendwann wird sie wieder vorbeikommen. Hat ihr jemand gesagt, was ich mit den kahlen Huren anstelle?

Draußen an der Rampe unter den Lichtern und den Pfeilen des Regens geht es wie im Tollhaus zu, und das Megaphon quäkt: *links* und *rechts* : Väter, Mütter, Kinder, die Alten, wie Blätter im Wind verstreut. *Die . . . die Auseinandergeschriebenen.* Und mir kam ein Gedanke, bei dem mich die Scham am ganzen Körper packte. Weil die Züge endlos und höllisch sind und weil sich der Wind anfühlt wie der Wind des Todes und weil das Leben das Leben ist (und die Liebe die Liebe ist), aber niemand sagte, es sei einfach.

Ich dachte: Für manche ist es in Ordnung.

Jetzt, da der Krieg so gut verläuft und da unsere Arbeit nach den Meisterleistungen des Jahres '44 zurückgehen wird und da Zuversicht und Wohlbefinden im allgemeinen wachsen und gedeihen, nun, da ist ihr Doktor angenehm überrascht davon, freie Zeit zu haben und seinen Hobbys nachgehen zu können. Die sowjetischen Untermenschen sind in ihre eisigen Höhlen zurückgejagt worden: Der Lagerarzt klemmt sein Monokel fest und greift nach seinem völlig verstaubten Lehrbuch. Oder nach seinem Feldstecher und dem Gewehr. Es kommt darauf an. Es hängt von den natürlichen Gegebenheiten ab. Der Winter war kalt, aber jetzt kommt der Herbst – die Stoppelfelder und so weiter. Die albern lächelnde Weichsel. Nie zuvor habe ich auf den Menschenhaufen Läuse gesehen. Einige der Patienten sehen aus, als habe man sie mit Mohnsamen überschüttet. Ihnen einen guten Morgen, Herr *Scheißminister* ! In einem ihrer bestürzenden Briefe geht Herta so weit, die *Legalität* der Arbeit in Frage zu stellen, die wir hier tun. Nun gut. Dann wollen wir mal sehen . . . Man könnte wohl sagen, daß es ein oder zwei ›graue Zonen‹ gibt. Block 11, die schwarze Wand, die Maßnahmen der Politischen Einheit: Sie rufen lebhafte Kontroversen hervor. Und es gibt mit Sicherheit ein endloses Palaver, wenn ein Patient ›die Sache in die eigene Hand nimmt‹, zum Beispiel am elektrischen Zaun. Wir alle *hassen* das . . . Ich bin berühmt für meine stille Hingabe. Die andere Ärzte verschwinden letztlich wochenlang: in der sommerlichen Luft des KZs verlangt es mich nicht nach einer *Sommerfrische*. Ich liebe das Gefühl von Sonne auf meiner Haut, wirklich. ›Onkel Pepi‹ hat sich mit seinem Laboratorium selbst übertroffen: der Marmortisch, die Nickelgeräte, die blutbeschmierten Porzellanausgüsse. Provinziell: *das* ist der angemessene Ausdruck für Herta.

Sie wissen natürlich, daß sie sich nicht die Beine rasiert? Tatsache! Über die Achselhöhlen kann man in alle Ewigkeit streiten, aber die Beine – bitte! – die Beine ... In seinem neuen Laboratorium kann er ein menschliches Wesen aus dem unmöglichsten Krimskrams zusammenhauen. Auf seinem Schreibtisch hat er eine Schachtel voller Augen. Es war nichts weiter Ungewöhnliches, wenn er aus seiner Dunkelkammer schlüpfte und einen teilweise in altes Zeitungspapier gewickelten Kopf dabei hatte: offensichtlich herrschen wir jetzt in Rom. Als nächstes wäre da, wissen Sie, ein, ja, sagen wir mal, ein fünfzehnjähriger Pole, der vom Tisch rutscht und sich die Augen reibt und zurück an die Arbeit wankt, begleitet von einer Ordonnanz und derem verständnisvollen Lächeln.

Gemeinsam vermessen wir Zwillinge, ›Onkel Pepi‹ und ich, Stunde um Stunde: messen, messen, messen. Selbst die ausgemergeltsten Patienten werfen sich für eine medizinische Untersuchung im letzten Block rechts in die Brust: Knapp fünfzehn Minuten zuvor haben sie flach auf dem Boden des *Inhalationsraums* gelegen. Es wäre kriminell – es wäre kriminell, die Möglichkeiten, die Auschwitz für die Zukunft bietet, zu *leugnen* ... Ich sehe ihn am Steuer seines Mercedes-Benz, am Tag, als das Zigeunerlager errichtet wurde, wie er persönlich die Kinder vom »Zentralkrankenhaus« heranchauffierte. Das Zigeunerlager, die rosa Farbschattierungen, die schmutzige Schönheit. »Onkel Pepi! Onkel Pepi!« riefen die Kinder. Wann war das? Wann haben wir das Zigeunerlager errichtet? Vor dem tschechischen Familienlager? Ja. Oh, vor langer Zeit. Wieder einmal kommt Herta zu Besuch. Ihren zweiten Besuch könnte man nicht als völligen Erfolg bezeichnen, obgleich wir viel intimer waren als zuvor und gemeinsam eine

Menge um das Baby weinten. Was die sogenannten »experimentellen Operationen« von ›Onkel Pepi‹ betrifft: *Er* hatte eine Erfolgsquote, die sich 100 Prozent annäherte – und, durchaus möglich, sogar erreichte. Ein schockierend geröteter Augapfel, auf der Stelle wieder hergestellt durch eine einzige Injektion. Unzählige Eierstöcke und Hoden nahtlos wieder an Ort und Stelle gepfropft. Frauen verließen das Laboratorium um zwanzig Jahre verjüngt. Wir können ein anderes Baby machen, Herta und ich. Wenn ich vorher und nachher reichlich Tränen vergieße, läßt sie's mich tun oder zu tun versuchen, aber ich bin impotent und gehe noch nicht einmal mehr zu den Huren. Ich habe keine Kraft. Ich bin völlig hilflos. Der süßliche Geruch hier, der süßliche Geruch und die apathischen Juden. ›Onkel Pepi‹ hinterläßt niemals Narben. Wissen Sie, hier herrscht nicht nur eitel Sonnenschein, ganz und gar nicht. *Einige der Patienten waren Ärzte.* Und es dauerte gar nicht lang, bis sie wieder auf ihre alten Tricks und Kniffe verfielen. Ich bin berühmt für meine Kampagnen gegen solchen Schmutz. Das Baby wird bald hier sein, und ich bin sehr besorgt. ›Onkel Pepi‹ hat recht: Ich brauche wirklich Ferien. Aber mein Besuch in Berlin anläßlich der Beerdigung erwies sich als gnädig kurz: Ich erinnere mich lediglich an den nieselnden Straßenbelag, die Lichter in den Geschäften, wie Röhren eines alten Radios, den aufgeweichten Friedhof, an das Haut- und Gewichtsproblem des jungen Pfarrers, Hertas Eltern, an Hertas schockierten Gesichtsausdruck. Wir führen einen Krieg, sage ich jedem, immer wieder. Wir sind an der Frontlinie. Wogegen kämpfen wir? Gegen Phenol? Nach meiner Rückkehr aus Berlin in den weiten und freien Raum des KZs – was sollte mich da anderes erwarten als ein Telegramm! Das Baby ist sehr schwach, und die Ärzte haben alles getan, was sie tun konnten. Der Sarg maß etwa vierzig mal fünfzig Zentimeter. Ich kämpfe den Phenol-Krieg, und man dankt es mir nicht. Niemand erweist mir irgendeine Dankbarkeit. Ich leide unter Atembeschwerden – Streß-Asthma, vielleicht –, insbesondere, wenn ich schreie. Ich muß schreien. Die Gruben quellen über. Im Brausebad, wenn die Wächter die jungen Mädchen berühren und ich mir wiederholt meines Widerwillens bewußt werde, tun die Männer so, als wollten sie mich heimgeigen. Weil ich jetzt Ehemann und Vater bin, denken sie, ich sei fromm und rührselig geworden. Es verlangt mich natürlich danach, meine kleine Eva zu sehen; die gegenwärtige Situation ist jedoch nicht gerade dazu geeignet. Ich gehe nicht mehr in den Puff, aber ich weiß jetzt zumindest, warum ich hingegangen bin: wegen der Dankbarkeit. Jene geduldigen Ärzte sind nicht mehr zu bändigen. Aus irgendwelchen Gründen sind sie besonders eifrig dabei, die Entwicklung bei den Kindern zu hemmen: wie abstoßend und fahrlässig ist dies, zieht man in Betracht, daß die Kinder schließlich sehr lange Zeit nicht mehr hier sein werden. Ich bin nicht aus Gründen der Dankbarkeit ›dabei‹. Nein. Ich bin – wenn Sie ein *Warum* haben wollen – ›dabei‹, weil ich den menschlichen Körper und alle lebenden Dinge liebe. Wir bekämpfen nicht mehr nur das Phenol, keinesfalls mehr. In dieser Hinsicht hat sich die Front aufgefächert. Neben Phenol müssen wir auch Blausäure und Natriumevipan extrahieren. Die Zeit läuft uns davon. Uns sind zwei Brausebäder abhanden gekommen. Es gibt im Herzen einen Stich, wenn die Vollendung so nahe ist und noch immer Seelen wie verzweifelte Flugzeuge über einen Flughafen kreisen. Einige Ausnahmen müssen ihre gebührende Beachtung finden: ein alter Mann, der meine schwarzen Stiefel umarmt und küßt; ein Kind, das mich umklammert, nachdem ich es für ›Onkel Pepi‹ festgegehalten hatte. Aber *nicht einmal* erhielt ich das, was man vielleicht als nüchternen und begründeten Dank beschreiben konnte. Oh, ich beklage mich nicht. Es wäre jedoch nett gewesen. ›Onkel Pepi‹, der mir gewöhnlich gedankt hat, ist vor Monaten verschwunden, hat mich mit meinen eigenen Gerätschaften zurückgelassen. Ich liebte diesen Mann. Ebenso wie Blausäure und Natriumevipan extrahiere ich jetzt Benzol, Benzin, Kerosin und Luft. Jawohl, Luft! Die Menschen möchten leben. Sie wollen nichts weiter als leben. Zwanzig Kubikzentimeter Luft – Zwanzig Kubikzentimeter Nichts – das ist alles, was den Unterschied ausmacht. Also dankt mir niemand, wenn ich den Krieg gegen das Nichts und die Luft fortführe mit einer Subkutanspritze fast von der Größe einer Posaune und meinem rechten Fuß, den ich dabei heftig auf die Brust des Patienten drücke.

VI

Multipliziere Null mit Null, und du erhältst immer noch Null

Nun ja, wie soll man das verstehen?

Die Antwort lautet: Gar nicht. Natürlich nicht.

Und dann kommt der Punkt, wo man ein Ende machen oder zumindest der Opferbereitschaft eine Grenze ziehen muß. Oh, ich bin kein Heiliger, weiß Gott nicht. Ich war nicht hierher versetzt worden, um lediglich für die anderen dazusein. Und während ich weiterhin meinen Tribut zollte, spürte ich deutlich, daß es hohe Zeit war, sich allmählich einmal um das liebe Ich zu kümmern.

Meinen Aufgaben im KZ widmete ich mich mit unbeirrter Hingabe, unter notgedrungener Beachtung der Regeln meines Ehelebens, und mit Gefühl. Diese neue Sache in meinem Leben, Gefühl genannt. Bei meiner Abreise aus Auschwitz verspürte ich *Trennungsschmerz*. Niemals hätte ich gedacht, daß ich mich je von den Leiden während meiner letzten paar Tage dort erholen könnte, und besonders meiner letzten Stunden. Aber er ging vorüber, rascher als jedes Sumpffieber, als ich mich auf die Reise nach Berlin begab – und wurde vom Gefühl ersetzt, von zahllosen Empfindsamkeiten, nicht ohne die Schlüsselelemente des Schmerzes. Vielleicht war's der Schmerz, jung zu sein. Es war das Jahr 1942. Ich war fünfundzwanzig . . . Der Zug nach Berlin, das nur nebenbei, fuhr rasch und ohne Aufenthalt durch. Der Hauptbahnhof von Auschwitz war nicht nur einfach eingleisig oder ein Nebenanschluß. Er war der größte Bahnhof, den ich je gesehen habe, Direktanschluß in alle Richtungen Europas. Eine unserer letzten Verladungen ging direkt nach Paris: Spezialzug 767, nach Borget-Drancy. Auschwitz war ein Geheimnis. Es umfaßte 7000 Hektar, und es war unsichtbar. Es war dort, und es war nicht dort. Es war draußen. Wie kann man das also verstehen?

Herta ist völlig verändert. Ja, meine Frau ist mehr oder weniger nicht mehr wiederzuerkennen, in jeder Hinsicht. Endlich ist sie schwanger – wunderbar, großartig; und sie verwöhnt mich schrecklich. Ich weiß nicht genau, was ich getan habe, daß mein Status so radikal ein anderer geworden ist. Unser deutsches Baby ist von überraschenden Ausmaßen: größer womöglich als die Frau selbst. Herta ist nicht mehr als die Schnur um das Bündel, worin unser Baby schläft. Übergangsweise wohnen wir hier bei ihren Eltern in deren kleinem, jedoch praktischen Haus in den südlichen Vororten Berlins. Wir verbringen viel Zeit mit krankhaften Spekulationen um den Namen des Babys. Zunächst favorisierten wir Eva oder Dieter; jetzt jedoch haben wir uns anscheinend auf Brigitta oder Eduard festgelegt. Feinfühlig, wenn auch mühsam, zerlegt Herta die Sachen des Babys. Ich verbringe täglich eine oder zwei Stunden mit meinem Schwiegervater im Gartenhäuschen und nehme das Kinderbettchen und das Stühlchen des Babys auseinander. Unser Zimmer, Hertas Zimmer, wird ganz ähnlich für Hertas eigene Kindheit vorbereitet. Die Feen auf den Tapeten lächeln auf das Ehebett herab. Ein Einzelbeet, und so schmal wie eine Koje. Sein milchiger Geruch umhüllt Berta, ihre schockierend üppigen Brüste, ihren eiförmigen Bauch. Das Baby liegt zwischen uns. Es ist bequemer, wenn Herta auf der Seite liegt und ich die Position hinter ihr einnehme. Ärgerlicherweise bin ich noch immer impotent. Nervliche Erschöpfung, zweifelsohne; vielleicht auch ein Schuldgefühl (so, wie unsere Körper nebeneinanderliegen) wegen der Dankbarkeit, die ich im Lager erfahren habe. Obgleich Herta behaart ist, stark behaart. Wie dem auch sei, sie hat mit ihrem Arzt darüber gesprochen, es sei unerträglich, und er sagt, dies sei eine ganz gewöhnliche männliche Reaktion auf die Schwangerschaft. Ja, entweder das, oder es ist die Arbeit, die ich getan habe.

Und weiterhin tue. Oh, man weiß ja, wie das ist. Man sagt: Genug jetzt von diesen Leuten, die überall die Nase reinstecken, und diesen Musterknaben! Und dann ist man doch wieder draußen und tut, was man kann. Nach meiner vierzehntätigen Abwesenheit beendete ich einen fünfmonatigen Pflichteinsatz im Osten bei einer Waffen-SS-Einheit, wobei wir anscheinend hinter der Front des militärischen Rückzugs aus der Sowjetunion operierten. Ich würde gern glauben, daß wir gute Arbeit geleistet haben, obgleich es im Vergleich zum KZ ziemlich dürftiger Stoff war. Und grober Stoff. Und ästhetisch gesehen ebenfalls katastrophaler Stoff, natürlich. Gefühl umschwebt mich jetzt. Die Welt ergibt weiterhin Sinn, aber das Gefühl ist nicht mehr so sehr am Sinn interessiert, und es fragt sich, wie sich die Dinge anfühlen . . . Mein Gesicht zu dieser Zeit stellt man sich am besten als die Studie einer Strapaze vor. Ziemlich ähnlich sah es aus, wenn ich dort im Dunkeln lag, eingekeilt zwischen der völlig veränderten Herta und der kalten

Wand, in vollem Wissen um meinen erotischen Fehlschlag. Dann geschieht es – es geschieht nicht –, und man schaltet das Licht ein und zieht sich traurig an. Es ist die ureigenste Traurigkeit; sie gehört völlig einem selbst.

Und Hertas Blicke von Zeit zu Zeit und die Blicke ihrer Mutter und sogar der Blick ihres Vaters, der ist hart und verständnisvoll, er ist auf meiner Seite (aber das will ich nicht): Diese Blicke besagen, daß in meinen Händen eine tödliche und erbärmliche Macht liegt. Ich bin omnipotent. Auch impotent. Ich bin mächtig und machtlos.

Es war ein Sommer mit Donner und Sonnenschein und doppelten Regenbögen. Es folgte Dreikönige. Schließlich begegnete ich dem Bomben-Baby, erfüllte somit die ironische Prophezeiung meiner Träume. Und mit eigenen Augen sah ich die stillstehende Uhr in Treblinka . . .

Was unsere Einheit tat, konnte man vermutlich als eine natürlich Fortsetzung meiner Arbeit im Lager betrachten. Wir befanden uns an der Schnittstelle zwischen Bürokratie und Öffentlichkeitsarbeit. Zu diesem Zeitpunkt wurden die Juden dekonzentriert, wurden zurück in die Gesellschaft geschleust, und es fiel uns zu, dabei zu helfen, die Ghettos abzureißen und zu eliminieren, jene Ghettos, wo es niemals Licht gab und wo die Kinder alle so alt und weise aussahen und wo sich ein jeder viel zu langsam oder viel zu rasch bewegte. Man spürte, die Ghettos waren selbst als Übergangslösung ein Fehlschlag, man hatte kurz, jedoch ekelerregend, den Verdacht, das ganze Unternehmen, der ganze Traum, sei auf fatale Weise grandios gewesen; zu viele, zu viele. Wie es einen danach verlangte, die Mauern niederzureißen! Aber das war schließlich unserer Mission: Deutschland wieder ganz zu machen. Seine Wunden zu heilen und es wieder ganz zu machen . . . Ein Ghetto, das von Litzmannstadt, hatte einen »König«: Chaim Rumkowski. Ich selbst sah ihn in seiner Kutsche durch die apathischen Straßen paradieren, mit Höflingen, die Kutsche wurde von einem weißen Pferd vorangezogen, das aussah wie eine Papiertüte voller Wasser und Knochen. Rumkowski war ein Herr. Aber ein Herr wovon?

Nun ja, wir legten uns tüchtig ins Zeug, transportierten die Menschen zurück in ihre Städte und so weiter. Logistik. Aber die Arbeit hatte auch ihre schöpferische Dimension.

Wir benutzten Lastwagen, Lastwagen, gekennzeichnet mit dem Roten Kreuz; und Maschinengewehre; und Dynamit. Wie sich herausstellte, hatte ich ein bescheidenes Talent für Neuropsychiatrie. Die Männer, die meine Sprechstunde aufsuchten (und denen ich Sedative verschrieb), beklagten sich eine Weile lang über Alpträume und Angstzustände – aber sie alle erholten sich am Schluß der Fahrt. Die Maßnahmen, auf die wir zeitweilig beschränkt waren, erwiesen sich als enttäuschend unelegant und erforderten in Fällen, wo man Dynamit verwendete, Stunden einer rückenbrechenden Vorbereitung.

Eines Morgens, der Graupel fuhr schräg zum Himmel, und die Lachen auf der Erde waren gefroren, luden wir einige jüdische Familien in einem unzivilisierten Dorf am Flusse Bug aus. Es war die übliche Abfolge: Wir holten diesen Schub aus dem Massengrab im Wald und warteten am Lastwagen auf der Zufahrtsstraße, während sich das Kohlenmonoxid an die Arbeit machte. Alle meine Leute waren wie Ärzte gekleidet, mit weißen Kitteln, mit den herabbaumelnden Stethoskopen; sie redeten, lachten und rauchten, während wir auf das vertraute Schreien und Wimmern aus dem Innern warteten. Ich selbst spielte mit einer philosophischen Perfecto . . .

Daraufhin fuhren wir sie näher an den Ort heran, wo einer unserer Männer die Kleiderhaufen bereitlegte. In Reih und Glied stiegen sie aus. Unter ihnen war eine Mutter mit ihrem Baby, beide natürlich nackt, jetzt jedenfalls. Das Baby schrie in einem entschiedenen, kräftigen, langanhaltenden Rhythmus, vielleicht hatte es Ohrenschmerzen. Die Mutter sah bereits erschöpft aus. Sie wirkte in der Tat wie betäubt – die Gesichtszüge wie eingefroren. Einen Augenblick lang fragte ich mich, ob sie sich völlig von dem Kohlenmonoxid erholt hatte. Ich war besorgt.

Daraufhin eskortierten wir diese Gruppe von etwa dreißig Seelen in eine niedrige Lagerhalle, wo überall primitive Nähmaschinen und Spindeln standen und Kleiderhaufen herumlagen. Normalerweise hätte man sie auf dem Weg in ihre Keller und Schuppen piesacken müssen. Aber diese Juden, angeführt von dem schreienden Baby, gingen ernst und feierlich an einer Reihe von Decken und Vorhängen vorüber, die vom Dach herabhingen, und schritten daraufhin einer rasch nach dem anderen rückwärts durch ein fehlendes Paneel in der Wand. Dieses Paneel stellte ich selbst mit einem leisen »Guten Tag« wieder an seinen Platz zurück. Ich weiß nicht. Mich bewegt ihr fortwährendes Schweigen, das unterdrückte Geschrei des Babys. *»Aus! Aus!«* rief ich – den Männern zu, die davonsprangen, um die Räumlichkeiten zu durchforsten und um einige Kinkerlitzchen und etwas Nahrung auszulegen, etwas Brot und ein paar Tomaten, na ja, wie es halt Tradition war, damit die Juden sie später gebrauchen konnten. *»Aus! Aus! Aus!«* Aber ich blieb allein in der stillen Lagerhalle zurück, an die Wand gedrückt, horchte. Horchte? Auf das Weinen des Babys und auf das Geräusch, das vielleicht der ganze Planet macht, wenn er einzulullen versucht: »Schh . . . schh . . . « Pscht. Ich ging auf Zehenspitzen davon zu meinen Männern. Ruhe. Das beste, sie dort zu lassen. Schh. So kann man vielleicht den Kleinen beruhigen. Dreißig Seelen in dem schwarzen Loch, und alle sagten Schh . . . Das Baby wurde wohl sehr geliebt. Aber natürlich hatte es überhaupt keine Macht.

Schließlich Treblinka, dem wir einen kurzen Höflichkeitsbesuch abstatteten, als wir durch das nördliche Polen heim ins Reich fuhren. Dieser Ort war gleichfalls bereits halb demoliert, seine Arbeit hatte er getan. Wie in Auschwitz würde kein Gedenkstein die Stelle kennzeichnen. Aber ich bin nicht zu spät gekommen. Ich bekam noch die berühmte »Eisenbahnstation« zu sehen – ein Potemkinsches Dorf, eine Fassade. Von der Seite her gesehen erhob sie sich wie eine dünne Bretterwand in den winterlichen Himmel. Die Idee war natürlich, den Juden Zuversicht geben – den Juden aus Warschau, Radom und dem Bialystok-Distrikt, denen das Lager gedient hatte. Überall Schilder und so weiter, worauf »Restaurant« und »Fahrkartenschalter« und »Telefon« stand und die die Fahrgäste darüber informierten, wo sie für die Weiterreise umsteigen mußten, sowie eine Uhr. Jede Station, jede Reise braucht ihre Uhr. Als wir daran vorbeifuhren, auf dem Weg, die Massengräber zu besichtigen, stand der große Zeiger auf der Zwölf und der kleine auf der Vier. Das stimmte doch gar nicht! Ein Irrtum, ein Fehler: Es war genau 13 Uhr 27. Aber später kamen wir wieder an der Uhr vorüber, und die Zeiger hatten sich nicht auf eine frühere Zeit bewegt. Wie konnten sie sich auch bewegen. Unterhalb der Uhr ein riesiger Pfeil, darauf war gedruckt: Hier umsteigen zu den Zügen nach Osten. Aber die Zeit hatte keinen Pfeil.

In der Tat, auf der Bahnstation von Treblinka waren die vier Dimensionen auf faszinierende Weise abhanden gekommen. Ein Ort ohne Tiefe. Ein Ort ohne Zeit.

Herta verhält sich sehr gut oder zumindest sehr ruhig, was meine Impotenz betrifft. Nach meiner Reise erwartete ich sowieso nicht, gleich in Höchstform zu sein. Aber das hier ist lächerlich. Es sieht so aus, als nähme die Arbeit, die ich tue, so viel von dem in Anspruch, was an mir wesentlich ist, daß nichts mehr übrigbleibt. Nichts für Herta. In diesem Sinne bringe ich wohl das allergrößte Opfer dar. Während der Lagebesprechungen erwähnte einer der jungen Soldaten im Osten, daß Impotenz eines ihrer Hauptprobleme sei. Meine Position war einfach: Ich sagte ihnen, sie sollten sich deswegen keine Sorgen machen. Und das war ein Witz, denn ich selbst war halbtot vor Angst. Der Teil meiner selbst, sozusagen, der noch nicht gestorben war: an Impotenz. Ja, es war schon äußerst amüsant, als ich ihnen sagte, sie müßten *hart* sein, sie müßten *Männer* sein. Und dann sitzen sie da, einander gegenüber, zwei dämliche Nullen. Multipliziere Null, oder etwas anderes, mit Null, und du erhältst noch immer Null. Außerdem habe ich meine Rechenaufgaben auf anderem Gebiet erledigt und im allgemein zwei und zwei zusammengezählt, und ich denke mir, daß irgend etwas geschehen muß, ehe ich geschlagen bin – in Anbetracht des Babys. Unser Baby ist gleichfalls eine Bombe: eine Zeitbombe. Und wenn *ich* es nicht tue . . . Hertas Bauch ist abgeschwollen. Ich brauche mich nicht mehr länger von hinten an sie anzuschmiegen. Heutzutage liege ich schlaff über ihr. Ich glänze jetzt durch vollständige Abwesenheit. Wir reden nicht mehr darüber, Gott sei Dank. Aber ich gehe davon aus, daß man's noch immer bemerkt.

Der Liebesakt fand statt – und nur einmal und nur mit Ach und Krach – unmittelbar, bevor ich meine neue Stelle auf Schloß Hartheim antrat, in der Nähe von Linz, in der österreichischen Provinz. Richtig auf dem letzten Loch pfeifend: Es geschah im Auge eines Sturms voller Tränen, den das ganze Haus voller Entsetzen mitverfolgt haben mußte. Ich weinte noch immer, als ich meine Stiefel anzog und meinen Versorgungstornister aufhob; und nach einigen verzweifelten Umarmungen flüchtete ich hinaus in die Sterne und zum Schnee – die Schneekonstellationen, der Sternensturm.

Mit seinen vornehmen Parkanlagen, seinen Bogengängen und seinen Höfen sah Schloß Hartheim – eine Stunde von Linz, Richtung Everding – gut genug aus, um als ideale Stätte für meine völlige Wiederherstellung zu dienen. Das Renaissance-Schloß hatte bis vor kurzem als Kinderheim gedient. Und wenn man selbstvergessen zitternd auf einer der Bänke in den eisigen Gärten saß, das Gras stand wie weißes Haar in die Höhe, spürte man, daß man die Geister von weinenden und rufenden Kindern hören konnte – denn hier hatten sie sicherlich zuhauf gespielt. Hinter einem die fünf hohen Fenster, und das Innere, das man aus dem Augenwinkel erspähte, war stets von der Farbe wäßriger Bratensoße. Ein Eimer, ein Putzlappen; ein Krankenpfleger in seinem weißen Kittel; der unlesbare Blick eines Patienten. Wieder jener Geruch. Der süßliche Geruch . . . Jetzt beuge ich mich vor und hebe einen toten Vogel auf, dessen Schwingen sich wie ein Fächer öffnen oder wie die Straßen von Berlin. Berlin, wo Herta wartet.

Als Übergangsstation betrachtet war Schloß Hartheim Teil meines Abstiegs von den Erfahrungen im KZ. Abgesehen von offensichtlichen Unterschieden in der Größenordnung gab es doch einige Parallelen. Man fand den gleichen Korpsgeist, mit seiner freimaurerischen Verschwiegenheit und der instinktiven Diskretion, die gleiche Kameradschaft und den gleichen Mumm, das gleiche Vertrauen in den Alkohol. Meine Stellung liegt zwischen den beiden Stabsärzten und den vierzehn Pflegern, sieben männliche, sieben weibliche. Dies hier ist kein Genesungsheim. Keiner der Patienten bleibt über Nacht. Hier kommt der Bus mit seinen abgedunkelten Fenstern. Er fährt hinauf in die Anlagen des sagenhaften Schlosses, in die kalte und schwächliche Magie von Schloß Hartheim.

Er verlief folgendermaßen, der Ablauf. Der erste Schritt war die Ankunft einer vorschriftsmäßigen Urne mit Asche, uns direkt von der Familie des Patienten geschickt, die das gleichzeitig der Kondolenzbrief-Abteilung in Berlin mitteilte, zu der wir parallel arbeiteten. Dieses bißchen Asche war begleitet vom Totenschein des jeweiligen Individuums; aber Asche ist Asche, sonst nichts, und sie sieht immer gleich aus, und sie wanderte sogleich in den Ascheimer des Verbrennungsofens von Hartheim. Was ging schief? Was war los? Funktionierten die Öfen nicht richtig? War die Kammer fehlerhaft? Denn die von uns produzierten Menschen waren nicht mehr in Ordnung. Die Hexenkünste und das Delirium, die Schlaflosigkeit und die Diarrhö von Auschwitz – all das fehlte. Ja, es stimmt: Die Abteilungen, die Untersuchungszimmer, die schweigenden Gärten von Schloß Hartheim waren getränkt vom Gefühl fehlgeschlagener Magie. Zunächst stand es nicht ganz so schlimm um die Patienten. Einige kleinere Defekte, Klumpfuß, Wolfsrachen. Die späteren jedoch waren absolut hoffnungslose Fälle. Ich versuchte, sie mir nicht allzu genau anzusehen, die Patienten, wenn ich sie in ihren papierenen Lätzchen aus der Kammer führte; ich hielt meinen eigenen Bauch im Auge, und dort ist etwas Festes und Menschliches, wie ein Bleirohr, ein Klumpen im Magen. Hier, das sanfte Zögern der Blinden. Dort, die Schiefgestaltigen, das ungleichmäßige Gesicht der Tauben. Die weißhaarige Dame sieht hübsch aus, aber alles ist falsch an ihr. Der wahnsinnige Junge jagt kreischend die männlichen Pfleger durch die klammen Korridore. Das wahnsinnige Mädchen, zusammengekauert in einer Ecke, den Kittel hochgezogen, und die unverzeihliche Substanz rinnt ihr aus dem Mund. Da ist etwas, wir nennen es so, ein Leben, das ein unwertes Leben ist, und ich weiß nichts darüber, aber niemand will sie, nicht einmal wir, und sie verlassen uns gleich und fahren anderswohin, in dem Wagen mit den verdunkelten Fenstern.

Herta kommt mich so oft besuchen, wie es ihr möglich ist, und das ist nicht sehr oft, denn wir haben schließlich Krieg. Wir bleiben im Gasthaus Drei Kronen an der Landstraße in der Nähe von Linz, wo ich impotent bin, und einmal hatten wir ein romantisches Wochenende im Hotel Gretchen in Wien, wo ich impotent war. Im Dorf selbst existiert ein kleines Nebengebäude für Offiziere, wo ich impotent sein kann, und auf diese hygienische Wohnung verlassen wir uns mehr und mehr. Während die Zeit so verstreicht, ist Herta offenbar immer mehr verägert – durch meine Impotenz. Sie sagt, ich habe mich verändert, aber ich glaube nicht, daß das zutrifft. Ich bin impotent gewesen, so weit ich zurückdenken kann. Außerdem macht sie mir Vorwürfe wegen der Arbeit auf Schloß Hartheim. Im Dorf selber schwirren Gerüchte, man klatscht und tratscht – Latrinengeschwätz. Sie hat alles in den falschen Hals bekommen; dann wiederum behandle ich sie auch sehr viel weniger von oben herab, als ich's vielleicht könnte. Wir halten Händchen im Café. Wir trennen uns. Später, in der Abenddämmerung, genieße ich eine perplexe Perfecto, während ich den Hügel hinauf zurück zum Schloß gehe, zum Schloß Hartheim. Der Abendhimmel über den Bogengängen und Giebeln ist voll von unseren unaussprechlichen Fehlern, wasserköpfige Wolken und der falsch herum gebogene Gaumen im Westen, und die verglühte Kohle unserer Feuer. Ich sehe eine Locke schneeweißen menschlichen Haars emporsteigen und sich dann mit dem eher elliptischen und elementareren Rhythmus der mittleren Luftschichten vereinen. Heute abend wird es im Erdgeschoß des Schlosses eine Feier geben, zu Ehren der Ankunft unseres fünftausendsten Patienten (obgleich ich mir sicher bin, daß wir viel, sehr viel mehr hatten). Manfred wird Akkordeon spielen: Lieder, Trinksprüche, rosa Hütchen. Christian Wirth, unser Weiberheld und Direktor, wird dort sein: Sein Embonpoint, seine farbenreiche Sprache, sein übersprudelndes Trinkergesicht.

Patient Fünftausend wird ebenfalls vorgeführt, mit Papierhut (und Papierhemd), schwebend auf seiner Reise zwischen Feuer und Gas, wartend auf sein Leben in Deformation, Halluzination und ständigem Juckreiz . . . Er geht weiter, allein, Odilo Unverdorben.

Völlig allein.

Ich, der ich weder Namen noch Körper habe – ich bin unter seiner Hülle hervorgeschlüpft und bin jetzt wie Strähnen aschblonden Menschenhaars verstreut. Nicht mehr länger kann ich's aushalten bei diesem ruinierten

Gott, betrogen und geschlagen von der eigenen Magie. Indem er Mächte anruft, die besser nicht herbeigerufen werden, nimmt er menschliche Wesen auseinander – und setzt sie dann wieder zusammen. Eine Weile lang hat das funktioniert (alles wurde wiedergutgemacht); und während es funktionierte, waren er und ich eins, an den Ufern der Weichsel. Er hat *uns* wieder zusammengesetzt. Aber natürlich sollte man so etwas niemals einem menschlichen Wesen antun ... Die Feier ist vorüber. Er liegt im Bett, in seiner Mansarde wie eine Pyramide, wo sich die Farbe von den Wänden schält, auf seinem wie eine Dachrinne geformten Feldbett. In den Fäusten hält er ein klammes, zerknülltes rosa Kissen. Ich werde stets hier sein. Aber er ist allein.

VII

Sie liebt mich, sie liebt mich nicht

Die Welt hat wieder aufgehört, Sinn zu ergeben, und Odilo vergißt erneut alles (was vielleicht ebenso gut ist), und der Krieg ist jetzt vorüber (und mir ist ziemlich klar, daß wir ihn verloren haben), und das Leben geht eine kleine Weile weiter. Odilo ist unschuldig. Seine Träume sind unschuldig, gereinigt von Bedrohung und Krankheit. O sicher, er steht zitternd und bebend auf schlüpfrigen Pfosten, so hoch, wie der Mond am Himmel steht, und er läuft mit großen Sätzen nackt einen Tunnel herab, während Wecker schellen und so weiter – aber der Nachhall ist nicht besorgniserregend. Und ganz im Widerspruch hierzu hat sein Schlaf einen angenehmen Beigeschmack von vielen ganz gewöhnlichen Triumphen, von Schatzkästlein, Haarlocken und schlafenden Schönheiten. Und Toilettenschüsseln. Der beherrschende Geist dieser Träume ist nicht mehr länger der Mann in dem weißen Kittel und den schwarzen Stiefeln: Es ist eine Frau von der Größe und Gestalt eines Galleonsseglers, die ihm alles vergeben kann. Ich habe den Verdacht, es handelt sich bei dieser Frau um seine Mutter, und ich bin ängstlich besorgt darum zu wissen, wann sie auftauchen wird. Odilo ist unschuldig. Wie sich herausstellt, ist Odilo unschuldig, gefühlvoll, beliebt und dumm.

Und potent. Er hat keinerlei Macht, natürlich, und er tut seine Pflicht im Reservisten-Sanitäts-Corps untadelig und wie ein Schafskopf. Aber er ist potent. Fragen Sie die kleine Herta, die das niedergeschlagen bescheinigen wird. Sie kann kaum gehen. Nationalsozialismus ist nichts weiter als angewandte Biologie. Odilo ist Arzt: ein biologischer Soldat. Also muß diese zweijährige Orgie, die wir feiern, Teil seiner persönlichen Kampagne sein. Er ist aktiv im Dienst; er hat Kriegserfahrung; er wächst für ein Baby über sich selbst hinaus. Ja, sie wollen noch immer eines, obgleich Eva eine solche Enttäuschung gewesen war. Wenn Odilo Herta vor sich im Bett liegen hat, mit gespreizten Beinen und hohlem Kreuz, die Fußknöchel zu beiden Seiten des Kopfteils, dann ist's eher so, als versuche er, etwas zu töten, und nicht, etwas zu erschaffen. Aber wir alle wissen inzwischen, daß hier auf Erden die Gewalt erschafft. Nie zuvor waren wir so potent gewesen, nicht einmal in New York, wo wir uns die Krankenschwestern quasi aus den Haaren gekämmt hatten. Herta sieht dennoch manchmal so aus, als hätte sie nichts gegen ein gelegentliches Zwischenspiel von Impotenz. Aber es gibt keins. Worin bestand der Unterschied, frage ich mich? Nach Schloß Hartheim, wo es so schien, als sollte es immer so weitergehen, zogen wir drei aus dem Haus ihrer Eltern aus und kamen hier herab nach München. In die Bergluft. Weg von Hertas Kinderzimmer, weg von den Engeln an den Wänden, die gewöhnlich über sie wachten. Hier, in unserer Wohung, wacht ein Skelett über uns, aus weißem Holz, sowie anatomische Studien mit rötlich-braunem Fleisch.

Das deutsche Mädel ist ein natürliches Mädel. Es kommt daher, wie es ist. Ohne Make-up und mit behaarten Beinen. Für Odilo ist das so in Ordnung. Tatsächlich verbietet er ihr den Gebrauch von Kosmetika, sogar von Seife; und was ihr Haar betrifft und weiter unten, die knisternden Achselhöhlen, ihre Lockenpracht oben und ihr Kraushaar unten – Herta, habe ich den Verdacht, könnte wolliger als ein Yak sein und Odilo immer noch glücklich machen. Er nennt sie seinen *Schimpansen.* Ich muß zugeben, daß ich gleichfalls verrückt nach ihr bin. Hertas Körper schreit seine Jugend förmlich heraus. Ihre Ohren sind wie Kekse, ihre Zähne wie Bonbons. Ihre Haut ist ebenso straff wie die Haut einer Olive. Zunächst war sie nicht so scharf, sie beklagte sich immerzu über Müdigkeit oder Schmerzen oder emotionale Unausgeglichenheit; gegenwärtig jedoch, wie Odilo allen seinen Freunden immer und immer wieder sagt (und das Kompliment ist meiner Ansicht nach äußerst schicklich), bumst sie wie der Teufel. Herta ist so klein, daß es ganz natürlich erscheint, mit ihr ziemlich rigide umzugehen. Sie ist achtzehn. Und wird die ganze Zeit über immer kleiner. Man muß ja nicht gerade pessimistisch sein, und es ist zwecklos, zu weit in die Zukunft zu blicken, aber in wenigen Jahren wird sie nicht einmal mehr mündig sein.

Es ist schon sehr süß. Jetzt, da die Hochzeit herannaht, ist Odilo insgesamt viel sanfter. Er bekommt keine Wutanfälle mehr. Sein Schimpanse muß die Hausarbeit nicht mehr länger nackt und auf allen vieren verrichten. Herta reagiert darauf mit Dankbarkeit und offensichtlich ungezwungener Sanftmut, wie nie zuvor . . . Erotische Verzückung, stellt sich heraus, ist in gewisser Hinsicht ein reptilhafter Zustand. Das höhere Sein, die Seele, die Prinzessin der Talente – sie ziehen sich zurück. Gleichermaßen handelt auch, und zwar sehr nachdrücklich, das Reptilgehirn. Lassen Sie mich darüber nachdenken. Wenn menschliches Gehirn und Reptilgehirn aufeinander treffen, wollen sie einander aus einer gesicherten Stellung heraus Böses antun. Aber wenn es nur um ihre Körper geht, wollen sie einander anscheinend nur Gutes tun und ganz nahe beieinander sein, mit maximalem Risiko für das Selbst. Ich weiß nicht. Ich bin noch immer hier, in ihrem Bett, und das gefällt mir; die schleimige Ekstase jedoch gehört Odilo, diesem glitzernden Echsenmann, und Herta, dieser glitzernden Echsenfrau, in ihrer Welt des wohlschmeckenden Schleims, wo Worte überflüssig sind: Man muß lediglich krächzen und summen . . . Ihre Liebe trennt sich stetig von allen Unregelmäßigkeiten. Sie pflegten zum Beispiel eine Art von Spiel zu spielen (etwa zweimal die Woche oder noch öfter, wenn Odilo ein Machtwort spricht), bei dem sie still daliegen muß und die ganze Zeit über kein Lebenszeichen von sich geben darf. Ebenso hatte er ein gesundes Interesse am Stuhlgang seiner Frau, wie es angemessen ist. Aber das liegt jetzt alles hinter ihm. Wenn sie weint und schmollt, trocknet er ihr die Tränen mit Küssen und nicht mit einem Stoß vor die Brust. Und heutzutage weint sie überhaupt kaum einmal: Die Hochzeit ist nur wenige Wochen entfernt. Weniger und weniger oft, obgleich noch immer ziemlich regelmäßig (kurz gesagt, fast in jeder Nacht), kündigt Odilo seinen Vertrag mit den Reptilien und sucht begeistert die Scharen seiner Freunde auf: die Stärke im gleichen Moschusduft, das Schmoren in einer unterdrückten, verstohlenen Kampfeshitze. Wir grölen, und wir spucken, wir haben die verzerrten Gesichter von Babys; einzeln haben wir weder Macht noch Mut, gemeinsam jedoch sind wir eine grandiose Masse. Die nächtlichen Spiele beginnen oftmals damit, daß wir hinausgehen und den Juden helfen. Odilo, Herta und ich sind offiziell in den Flitterwochen, in Wirklichkeit jedoch fahren wir nirgendwohin. Außer zurück nach Berlin, für die Trauung.

Meine Position den Juden gegenüber war stets ohne jede Zweideutigkeit. Ich mag sie. Ich würde sagen, ich bin einer der natürlichen Philosemiten. Insbesondere bewundere ich ihre Augen. Dieser glühende, heiße Blick. Etwas Exotisches, das auf das Transzendentale gerichtet ist – wer weiß? Wie dem auch sei, warum über ihre *Anlagen* sprechen? Ich bin kinderlos; aber die Juden sind meine Kinder, und ich liebe sie so, wie es ein Vater tun sollte, was bedeutet, daß ich sie nicht aufgrund ihrer Anlagen (so bemerkenswert diese ja anscheinend sind, natürlich) liebe, sondern lediglich wünsche, sie sollen existieren und gedeihen und ihr Recht auf Leben und Lieben haben.

Ich entsinne mich an Namen und Gesichter, Namen, die ich auf morgendlichen Versammlungen auf den Plätzen der Stadt gehört habe, oder neben leeren Brennstoffdepots und Panzerabwehrgräben, oder beim Schein der polizeilichen Freudenfeuer, oder in Wartezonen, auf Bahnstationen, des Nachts auf grünen Feldern. Und ich sah Namen auf gedruckten Listen, Verordnungen, Manifesten. Lonka und Mania, Zonka und Netka, Liebisch, Feigele, Aizik, Yaacov, Motl und Matla, Zipora und Margalit. Zurückgekehrt aus Auschwitz-Birkenau-Monowitz, aus Ravensbrück, aus Mauthausen, Natzweiler und Theresienstadt, aus Buchenwald, Bergen-Belsen und Majdanek, aus Belzeck, aus Chelmno, aus Treblinka, aus Sobibor.

Das verkrampfte Lächeln, das Odilo den ganzen Tag über bei der Hochzeitsfeier zur Schau stellt, scheint, im nachhinein gesehen, nur allzu angemessen. Ich sehe dieses höhnische Grinsen noch immer vor mir, das Grinsen eines Bauerntrampels, der auf der Hut ist, das Grinsen, das sich in den zahllosen kleinen Spiegelchen auf Hertas Hochzeitskrone widerspiegelt (traditionell: um böse Geister zu vertreiben und so weiter). Ja, sein Lächeln war ein guter Kommentar zur Lage; desgleichen die schmerzhaft knallenden Schläge auf den Rücken, die er von seinen vielen neuen Freunden erhielt. Wie sonst könnte eine Person dreinschauen, wenn sie im Verlauf einer einzigen Zeremonie allen einen Abschiedskuß gibt – alles in einem einzigen verschwenderischen Sturm aus Konfetti und Reis davonpustet? Sie gab mir den Myrtenkranz, den Safran und den Zimt, das Brot, die Butter und alles übrige. Und ich gab ihr all meine Kraft. Wir wechselten unsere Ringe vom Ringfinger der linken Hand auf den Ringfinger der rechten Hand. Man sagte, es sei ein vielversprechender Hochzeitsmond: Er nehme zu. Aber ich sah, daß der Mond über mir in Wirlichkeit abnahm. Darum die unerträglichen Schläge auf Rücken und Schultern. Darum das koprophile Lächeln. Darum Hertas triumphierendes Gelächter.

Erfreut ging sie ins Haus ihrer Eltern zurück und legte sich dort nieder, unter goldgeflügelten Engeln. Und Odilo? Wo sind *unsere* Eltern, um Christi willen? Auf einmal bin ich in einem fünfstöckigen Wohnheim, wo es nach Kohl stinkt und Turnschuhen, ich teile eine Mansarde mit Rolf und Reinhardt, Rüdiger und Rudolph und lebe in einem *Alptraum* aus Handtuchkämpfen, Lehrbüchern und Witzen über Schwärmereien und Leichen. Schon richtig: Ich studiere Medizin. Auch bin ich im neuen Deutschland, und ich bin ziemlich nervös und heimlichtuerisch, ebenso wie alle anderen. Selbst auf den Straßen geht es zu wie in einem Wohnheim, viel Druck von Gruppen Gleichaltriger, unvorhersagbar kritische Blicke, jugendlich, unangenehm, sexuelle, jedoch sexuell verdächtig oder halbausgebildet, und gemacht aus lächerlichen Posen, über die niemand lachen darf. Lache über diese lächerlichen Posen, und jedermann will dich umbringen. Welch ein Glück, daß ich nicht tötbar bin. Nicht tötbar, jedoch nicht unsterblich. Was ist unserer Männlichkeit geschehen?

Es könnte schlimmer sein, weil wir Herta noch immer jeden Tag sehen, in der Akademie: Sie ist Sekretärin – mit engem Rock – beim Institutsleiter. Oftmals bekomme ich zehn Minuten im Flur von ihr, und ich setze mich in der Cafeteria nahe an ihren Tisch, und da gibt es einen Treppenschacht, wohin wir gehen und uns küssen – wo wir dem anderen ins Gesicht atmen. Abgesehen davon sind's Parkbänke und dunkle Arkaden. Mickey Mouse kichert, und Greta Garbo wendet den Blick schmerzerfüllt von unseren peinlichen Verrenkungen auf dem abgewetzten Kinosessel ab. In der Sicherheit der Menschenmengen unter Straßenlampen und Fackelschein klammern wir uns eng aneinander. Während der zehnminütigen Intervalle im Eßzimmer ihrer Eltern, wenn sie die schmutzigen Teller zum Essen auftragen, habe ich viel erreicht . . . Auch auf unseren Picknicks im Frühjahr und Sommer. Zwischen Rittersporn, Löwenmaul, Stockrose und Ackererbse, auf einer Decke, neben einem Korb, wird sie mir ein nostalgisches Schmusen gewähren – auf Odilos Seite stets gefolgt von stundenlangem, schluchzenden Flehen. Wo wir einstmals herrschten, da dienen wir jetzt. Sein erfolgreichstes Thema ist, daß Enttäuschung der

Gesundheit schadet. Etwas anderes, das gewöhnlich funktioniert, ist das Benennen der Blumen auf englisch. Die Wälder ermutigen sie. Das deutsche Mädel ist ein natürliches Mädel. Odilo ist geradezu hysterisch dankbar für jedes bewaldete Handvoll oder Augenvoll oder Mundvoll, das ihm über den Weg läuft. Ich jedoch nicht. Er vergißt. Ich erinnere mich. Dieses gequälte Befummeln. Erotischer Revanchismus setzt mir heftig zu. Und ich weiß etwas, dem er anscheinend nicht ins Auge sehen kann: Es wird niemals mehr geschehen. Die Zukunft erweist sich stets als wahr. Traurig sammeln wir Vergißmeinnicht. Sie liebt mich . . . Wir getrauen uns jetzt in der Tat kaum noch, sie anzusehen, die winzige Sekretärin, eine solche Macht übt sie aus. *Ja,* sagen die Geister der bunten Briefe an den Bäumen der Allen. *Nein,* sagt Herta, als sie meine Hand nimmt und sie, einen ärgerlichen Augenblick lang, zwischen ihre Oberschenkel legt. Daraufhin, spätnachmittags in der Akademie: Zygoma, Xanthelasma, Volvulus, wenigstens dieser häßliche Scheißdreck hat sich aus ihm verflüchtigt, endlich. Aber die meisten seiner Vorlesungen handeln zu meiner Überraschung gar nicht davon, daß der menschliche Körper eine Maschine ist: Es geht um Krankenhausverwaltung. Manchmal, spätnachts, schleichen Odilo und ich uns allein auf das Dach des Wohnheims, während die Deutschen ihre Träume träumen. Dort genießen wir eine frühreife (und leicht paranoide) Perfecto und beobachten die Sterne, die anscheinend unseren Blick besänftigen.

Parallel dazu war es, in jeder Hinsicht zumindest für mich, ein Vergnügen und eine Beruhigung, den Juden zuzusehen. Den Menschen, denen ich dabei geholfen habe, sich vom Himmel herabzuträumen. Und mich inspirierte die Größe ihres Beitrags, den zu leisten ganz klar ihre Bestimmung war. Alles würde sich ausgleichen. In weiser Voraussicht zunächst einmal vorsichtig – vielleicht aus Ehrfurcht angesichts der schieren Anzahl (weil sie nämlich jetzt aus aller Herren Länder eintrafen, aus Kanada, aus Palästina) – öffnete sich die Volksgemeinschaft der Deutschen pflichtgemäß, um die Neuankömmlinge hereinzulassen. Ihre jähe Assimilation und ihr stetiger Erfolg riefen einige harsche Worte hervor. Die Juden setzten sich auf alle gut bezahlten Posten, besonders im medizinischen Bereich, was Odilo und seine Freunde in Rage versetzte und was, um es frank und frei zu sagen, sogar mich besorgt machte. Ich war nicht soweit gekommen, damit ich nun sah, daß sich meine Söhne in *Ärzte* verwandelten. Aber was soll's, zum Teufel nochmal. Irgend jemand muß es halt tun: aus irgendwelchen Gründen. Trotz meines schlimmer werdenden Elends und der Einsamkeit munterte mich die Rücknahme der Rassengesetze auf. Obgleich selbst hier eine sadistische Ironie am Werke war, weil diese progressiven Entwicklungen stets mit irgendwelchen neuen Verboten seitens Herta einhergingen. Ja, sehr komisch, zweifelsohne. Schritt für Schritt bewegten sich die Juden blinzelnd ins Sonnenlicht. Während ich nach und nach degradiert wurde: verspottet und verschmäht von allen Freiheiten der Liebe. Zum Beispiel.

Blinde und taube Juden dürfen jetzt Armbinden tragen, so daß man ihren Zustand im Verkehr ganz deutlich erkennen kann. Nicht länger mehr habe ich in Hertas Vorstellung von den Dingen einen Unterleib, ein externes Herz. Für immer bin ich von allem unterhalb der Gürtellinie abgeschnitten.

Man erlaubt den Juden das Halten von Haustieren; Wellensittiche und Hunde etc., die an Polizeistationen ausgeteilt werden; Juden, die vor Dankbarkeit weinen, wenn sie ihre neuen Spielgenossen mit nach Hause nehmen. Herta beginnt, anders zu atmen, wenn wir uns küssen; sie ist stets selbstbeherrscht; jede meiner Bewegungen wird kalt überwacht.

Man erlaubt den Juden den Kauf von Fleisch, Käse und Eiern. Die Zurücknahme aller meiner Privilegien beim Picknick, obgleich ich um meine Gesundheit weine und Blumen auf englisch benenne, bis ich schwarz werde.

Man ermächtigt die Juden, freundliche Beziehungen zu den Ariern aufzunehmen. Herta sagt nicht mehr länger ›Ich liebe dich‹. Ich sag's noch immer. Die Küsserei geht weiter, so lala, aber Zungen sind jetzt absolut verboten.

Die Ausgangssperre für die Juden ist aufgehoben. Sie begann gewöhnlich um 9 Uhr abends im Sommer und um 8 Uhr abends im Winter. Herta muß um halb neun zu Hause sein, gleich in welcher Jahreszeit.

Die Bezeichnung ›Ungläubiger‹ für die Juden ist nicht mehr länger vorgeschrieben. Aber ich muß sagen, daß ich nicht mehr länger glaube.

Sie liebt mich, sie liebt mich nicht. Ich nehme die zweistündige Bus- und Straßenbahnfahrt für das immer gleiche alte Küßchen auf die Wange auf mich. Bald wird sie ihren sechzehnten Geburtstag feiern. Was dann? Werden wir dann noch Händchen halten? Manchmal ertappe ich mich dabei, wie ich Odilo wild dazu dränge, Gewalt anzuwenden (rasch, ehe sie fünfzehn ist): Gewalt, die pflegt und heilt. Eigentlich jedoch bin ich nicht sehr begeistert, dies Risiko einzugehen. Könnte er's tun, was meinen Sie? Steckt das in ihm drin? Ich bin zum Schluß gekommen, daß Odilo Unverdorben sich als moralisches Wesen absolut untadelig verhält, er neigt dazu, das zu tun, was jedermann sonst tut, gut oder schlecht, ohne Grenzen, sobald es von der großen Menge gedeckt ist. Er könnte niemals eine Ausnahme sein; er hängt vom Wohlergehen seiner Gesellschaft ab, er braucht das freche Grinsen von Rolf und Rudolph, von Rüdiger, von Reinhardt. In der Kristallnacht, als wir alle umhertollten, spielten und den Juden halfen, und als wir die Scherben umherwirbelten wie Sterne oder Seelen, und als sich Herta vornüberbeugte, um sich die Lippen mit ihrem rosa Taschentuch abzuwischen, – ehe sie meine Zunge aus ihrem Mund herausspie. Ist das irgendwie die Schuld der Juden? Jene Locke ihres Haars, die er in einer Arzneischachtel aufbewahrte – warum hat er sie zurückgegeben? Jetzt sehe ich Form und Größe, den perfekten Sitz der herannahenden Einsamkeit genau. Sie gibt mir Blumen, aber sie liebt mich nicht. Sie liebt mich nicht.

Still, sprich durch die Blume. Ich weiß, du solltest nicht grollen: nach dem einen, es ist gegen's Gesetz . . . Sie redet nicht mehr mit mir. Es war nur eine Frage der Zeit. Still. Eines Tages, an der Bushaltestelle, strahlte sie vor Glück, als sie mir lediglich noch ihren Abschied zuwinkte. An den Abenden warte ich noch immer auf sie und folge ihren Schritten, wenn sie zur Schule geht, mir summt es dabei in den Ohren. Jetzt kreuzt sie direkt mein Blickfeld, und mein Blick hat nicht mehr die Macht, sie langsamer gehen oder stehenbleiben zu lassen. Dann ist sie verschwunden. Ihre kleine Gestalt ist verschwunden, auf immer, und sie ist von einer Leere gleichen Ausmaßes ersetzt worden. Ich suche sie überall – *er* jedoch nicht. Odilo erholte sich idiotisch rasch. Seine Zuneigung hat sich anscheinend platonisch, mehr oder minder jedoch vollständig, auf die freundliche Rinhard gerichtet. Gleich am folgenden Tag erhielt er vom Professor eine Rüge dafür, daß er während der Anatomiestunde laut herauskicherte: Rolf und Rudolph rissen Witze über den neuen weiblichen Leichnam. Ich leide allein. *Arzt für Seelisches Leiden,* heißt es auf den Schildern in den Fenstern zu ebener Erde. Das hört sich jetzt an wie eine Art von Ärzten, die ich benötige. Gegenwärtig verbringen wir sehr viel unserer Zeit im Krankenhaus, als Besucher – weil unsere Mutter schließlich aufgetaucht ist. Ihr Name, nebenbei bemerkt, ist Margarete. Odilo und ich haben die neue Wohnung durchgelüftet, bis ihr Geruch schwer darüberliegt. Ich schätze, wir werden vielleicht zusammenwohnen. Wenigstens wird sie jemand sein, mit dem man reden kann. Auf englisch. Sie erinnert mich an Irene. Sie sagt immerzu: »Where am I? Where am I?« »In the hospital«, erwidert Odilo mürrisch. »In the hospital. In the ward in the hospital. *Das Krankenhaus,* Mutti. *Im Krankenhaus* – «

Im *was?* Ich will sie an der Hand nehmen und sagen: Mutter. Du befindest dich auf einem Globus, der aussieht wie eine Kristallkugel oder eine Murmel, in einem weichen Bett aus Baumwolle. Vögel fliegen rund um ihn herum. Mutter, du bist auf dem Planeten Erde.

DRITTER TEIL

VIII

Weil Enten fett sind

Seit meinen Tagen auf Schloß Hartheim hatte ich immer wieder daran gedacht, eine Erinnerungsreise nach Auschwitz zu unternehmen. Der Ort der Macht am Zusammenfluß der Ströme; der Ort, wo die numerierten Juden und all die anderen, die keine Nummern trugen, aus dem Himmel herabgestiegen kamen; der Ort, wo es eine Zeitlang kein Warum gegeben hat. Und es geschah. 1929. Ich war ganz schön herumgereist, während meines Militärdienstes und meines Arbeitsdienstes, meiner ›Kraft durch Freude‹-Ferien und dem ganzen übrigen Rest, und ich hatte schon geglaubt, die Gelegenheit verpaßt zu haben. Aber es geschah. Ich war dreizehn.

Es geschah auf einem Zeltausflug, den eine der Jugendorganisationen gesponsort hatte, die aus dem alten *Stahlhelm* hervorgegangen waren. Der Morgen war nebelig, ohne Farbe, als wir am linken Ufer der Sola biwakierten. Ich rollte meinen Schlafsack aus, ohne weiter nachzudenken, obgleich ich den Dreizack bemerkte, die vertraute dreifach gezackte Sumpfpflanze mit den zerfransten Enden. In jener Nacht erfüllte mich der Dreizack mit dunklen Ahnungen und ließ mich unruhig werden, während Odilo schlief. Als ich erwachte, war die Luft warm, und die Nacht lag klar unter dem abgrundtiefen und unknackbaren Code der Sterne. Wir saßen ums Feuer, wie gewöhnlich, und wir sangen, riefen Parolen und jodelten; daraufhin nahm ich die Eimer und ging mit Dieter, den Odilo liebte, fort, den flachen Stellen Wasser zu bringen. Und da war's: Dort strömten die Flüsse unter einem Vollmond zusammen, dort waren die Eisenbahnschienen, wie eingefangen auf ihrer Reise.

Später stellten wir uns in Reih und Glied neben dem Platz auf. Die etwa zwanzig Bruchbuden dort wurden offensichtlich nur noch vom eigenen Dreck zusammengehalten (österreichische Artilleriebaracken, für den Krieg), und ein wenig weiter weg standen mehrere lächerlich normale Gebäude, die, wie ich erfuhr, dem polnischen Tabakmonopol gehörten. Oswiecim. Auschwitz. Dahinter, jenseits des Birkenwalds, lag Birkenau: dahinter, jenseits des Birkenwalds, lag das birkige Birkenau, wo ich in Harmonie mit der Maschinerie der Natur gelebt hatte. Alles war traurig und unschuldig. Alles Wesentliche, alle Macht und alle Wunder waren von der Zeit und dem Wetter weggewaschen worden.

Ich bin jetzt drei Jahre alt und lebe unter ziemlich eingeschränkten Bedingungen am südlichen Rand einer Stadt mit Namen Solingen.

Solingen ist berühmt für seine Klingen, seine Scheren und seine chirurgischen Instrumente. Aus einem Einzugsgebiet, das nahezu das gesamte Zentraleuropa umfaßt, werden die Klingen, die Scheren und die chirurgischen Instrumente hier nach Solingen gebracht und zu Stahl verarbeitet. Und ganz in der Nähe haben wir auch Golf, Reiten, Tennis und Bogenschießen zu bieten. Zusätzlich beherbergt das bescheidene Solingen noch ein stolzes Geheimnis. Ich bin der einzige, der weiß, um welches Geheimnis es sich handelt. Es ist dies: Solingen ist der Geburtsort Adolf Eichmanns. Schh . . . Pscht! Ich werde es niemals aussprechen. Und falls ich's täte – wer würde mir glauben?

Bald werde ich gleichfalls geboren werden. Dieses terrassenförmig angelegte Haus wird mein Geburtsort sein. Es ist eine ganz schön angespannte Situation, nehme ich an, aber ich lasse mich davon nicht unterkriegen. Tatsächlich werden die Abschnitte von klarem Verstand immer kürzer und seltener. Vater ist ein Skelett mit bläßlicher Haut und einem halben rechten Fuß. Mutter ist wie ein warmer Kuchen im Zuckerguß ihres Nachtgewands. Sie ist Krankenschwester: Sie arbeitet in Solingens Altersheim. Odilos Tage sind etwas fabelhaft Berauschendes, dennoch müssen wir manchmal weinen, bis Vater den Schmerz mit einer aufwärts wischenden Bewegung der Hand wegnimmt. Dann sind wir wieder glücklich (und zu allem fähig). Mutter glaubt an eine helfende Macht, er jedoch hat die Macht. Das morgendliche Gegurre mit Odilo und mir in einer Sprache, die nur wir verstehen können. Unserer Mutter sagen wir Dinge wie dieses:

»Mami? Hühnchen sind lebendig. Wir fangen sie und verbrennen sie, und dann sind sie tot! Aber man kann Hühnchen nicht essen. Nicht die kleinen lieben Hühnchen. Weil Hühnchen lieb sind. Man kann sie einfach streicheln und so. Aber man *kann* Enten essen. Weil Enten fett sind.«

Warten Sie. Ein Fehler. Ein Fehler. Kategorie . . . Wir bringten. Wir hintaten. Wir bringten, wir hintaten, ihr Selbst haben wir ihnen ganz, ganz weggenehmt.

Warum so viele Kinder und Babys? Was ist in uns gefahren. Warum so viele? Wir waren grausam: Die Kinder waren ja noch nicht einmal für sehr lange Zeit hiergewesen. Ich habe es so gewollt, oder nicht? Warum? Weil Babys fett sind? . . . Aber jetzt sind wir verschwunden, wir laufen über das Feld, wo alles Lebendige in verzweifelter Verlassenheit blüht, und wir schlingern eine jede Sekunde zwischen Freude und Entsetzen, unser Bewußtsein ist voller nicht-wahrnehmbarer Vorbehalte gegen nicht-wahrnehmbare Voraussetzungen und unwissend und unschuldig, niemals haben wir irgend jemanden gekannt, selbst Irene nicht, selbst Rosa nicht, selbst Herta nicht, selbst die Juden nicht und alle anderen, die ich erschuf.

Nur Mutter. Unsere Beziehung zueinander ist bereits sehr intim, und sie wird, wenn alles glatt geht, bald noch intimer werden. Ich werde zum Beispiel viele, viele Stunden eines jeden Tages und einer jeden Nacht zusammengerollt in ihren Armen verbringen und ihr die Brüste küssen. (Das wird erlaubt sein. Er kann es nicht verhindern.) Dann schließlich wird man unsere Nabelschnur verknoten, mit Scheren aus Solingen. Wenn ich sie betrete, wie wird sie weinen und schreien. Dann bin ich verschwunden. Odilo selbst weiß nicht, wieviel Macht wir über sie haben und wie sehr sie uns liebt: Er spürt sie nicht, wenn sie des Nachts hereinkommt, unsere Decken löst, uns die Stirn befühlt und aus Sorge weint, wenn wir krank sind. – Bald wird Vater sie wieder ganz für sich haben. Ich glaube, er verhungert. Er ist so dünn wie ein *Muselmann*. Wenn er ißt, kommt einfach nicht genügend heraus. Nicht genügend – nicht genügend, um Leib und Seele zusammenzuhalten. Ich grinse hämisch in mich hinein, wenn ich ihn *Dicki* nenne. Sein wütender, nicht-verzeihender, geschlagener

Blick: Seine Augen sind grimmig, sein Gesicht zerfurcht vom Mißerfolg und von ungeheilten Wunden. Es wird ihm vielleicht bessergehen, nach dem Krieg. Sein ruinierter Fuß wird sich bessern. Natürlich kann ich meinem Vater nicht dafür vergeben, was er mir wird antun müssen. Er wird eindringen und mich mit seinem Körper töten. Odilo weiß das und spürt das ebenfalls.

Ich unternehme eine allerletzte Anstrengung, hellwach im Geiste zu sein, klar. Was mich schließlich beschäftigt, sind die Fragen nach der Zeit: gewisse Zeitspannen. So, wie die Dinge standen, mußten die Juden zu lange auf den Plätzen der Stadt warten, während ihre Kinder schwierig wurden, und ich weiß jetzt, wie schwierig sie werden können, wenn sie erschaffen werden: Wie rasch ihre Welten zusammenstürzen können. Die Juden mußten zu lange auf den Sommerwiesen warten, unter einem rasenden Himmel, wo oftmals Familien durch Vorgänge zusammengeführt wurden, die zuviel Ungewißheit in sich bargen, wenn die Kinder hierhin und dorthin liefen und auf einmal stehenblieben, die Hände wie Klauen gehoben, und suchten, und alle paar Meter Babys auf dem Boden, in Schals gewickelt, und sie weinten, und Eltern waren nicht sogleich zur Stelle, für viel zu lange Zeit . . . Jetzt bestehen Odilos Träume nur noch aus Farben und Geräuschen, sind verzückt oder furchterfüllt, aber ohne Inhalt, kein Inhalt mehr.

Er hält einen Augenblick lang auf dem Feld inne. Nur einen Augenblick lang. Es gibt keine größeren Zeiteinheiten mehr. Er muß handeln, solange die Kindheit noch vorhanden ist, während alles sein Spielgefährte ist – sogar sein *Aa.* Er muß handeln, solange seine Kindheit noch hier ist, ehe jemand daherkommt und sie ihm wegnimmt. Und sie werden kommen. Ich hoffe, die

Ärzte werden etwas Hübsches tragen, etwas Angemessenes, und nicht den weißen Kittel und die schwarzen Stiefel, die sicherlich . . . Ich selbst. Fehler. Fehler. Wir bringten, wir hintaten. Sehen Sie hin! Hinten, vor dem pinienbestandenen Abhang, sammeln sich die weiblichen Schützen mit Pfeil und Bogen. Darüber, so etwas wie Licht, und der Himmel kämpft seinen Brechreiz nieder. Seine vielen Nuancen des Brechreizes. Wenn Odilo die Augen schließt, sehe ich einen Pfeil fliegen – aber falsch herum. Mit der Spitze zuerst. O nein, dann jedoch . . . Wir sind wieder über das Feld davongegangen. Odilo Unverdorben und sein gieriges Herz. Und ich mittendrin, der zur falschen Zeit kam – entweder zu früh oder nachdem alles zu spät war.

Nachwort

Dieses Buch ist meiner Schwester Sally gewidmet, die mir, als ich sehr klein war, zwei grundlegende Dienste erwiesen hat. Sie erweckte in mir meine Beschützerinstinkte; und sie sorgte, wenn auch nicht für meine ersten Kindheitserinnerungen, so doch für meine erfülltesten und strahlendsten.

Zu dieser Zeit war sie vielleicht eine halbe Stunde alt. Ich war vier.

Gleichfalls bin ich meinem Freund Jay Lifton einiges schuldig. Vorvergangenen Sommer zog ich in Erwägung, die Lebensgeschichte eines Mannes rückwärts zu erzählen.

Dann, eines Nachmittags, nach einer typisch emotionalen Begegnung auf dem Tennisplatz, gab mir Lifton ein Exemplar seines Buchs *The Nazi Doctors.* Mein Roman wäre ohne dieses Buch nicht geschrieben worden und hätte auch nicht geschrieben werden können.

Dasselbe trifft vielleicht auch auf die Werke von Primo Levi zu, insbesondere *Ist das ein Mensch, The Truce, Die Untergegangenen und die Geretteten* und *Die Atempause.* Andere Autoren, die ich aus zahlreichen Gründen als sehr hilfreich empfunden habe, waren Martin Gilbert, Gitta Sereny, Joachim Fest, Arno Mayer, Erich Fromm, Simon Wiesenthal, Henry Orenstein und Nora Waln.

Im Hinterkopf hatte ich gleichfalls eine bestimmte Geschichte von Isaac Bashevis Singer und einen bestimmten Absatz – einen berühmten – bei Kurt Vonnegut. (Die Autoren der medizinischen Lehrbücher, über denen ich ohne viel Begeisterung gehockt habe, werde ich nicht anführen; aber es freut mich, Lawrence Shainberg für sein unterhaltsames und erschreckendes Buch *Brain Surgeon* meinen Dank aussprechen zu können.) Außerdem entwickelte sich das Gefühl für dieses Thema – hier meine ich den Holocaust – in über die Jahre hinweg geführten Gesprächen.

Ich bin meinen Gegenlesern dankbar, darunter meine Frau, Antonia Philips; meinem Vater, Kingsley Amis, meinem Schwiegervater, Xan Fielding; meinem Schwager und meiner Schwägerin, Chaim und Susannah Tannenbaum; meinem Schwager Matthew Spender; und Tom Maschler, Peter Foges, Piers und Emily Read, John Gross, Christopher Hitchens, James Fox, Zachary Leader, Clive James, Joseph Boothby, Sholom Globerman, Ian McEwan, Saul und Janis Bellow, Edmund und Natalia Fawcett, Jonathan Wilson, Michael Pietsch und David Papineau.

Mein alternativer Buchtitel war *The Nature of the Offence* – ein Zitat von Primo Levi.

Das Verbrechen war von einer derartigen Natur, daß wir Levis Selbstmord vielleicht als einen Akt von ironischem Heroismus betrachten können, ein Akt, der etwas sicherstellt wie: Mein Leben gehört mir, und mir allein steht es zu, es zu nehmen. Das Verbrechen war einzigartig, nicht in seiner Grausamkeit, nicht in seiner Feigheit, sondern in seinem Stil – in seiner Kombination aus Atavismus und Moderne. Es war gleichzeitig reptilienhaft und ›logistisch‹.

Und wenngleich das Verbrechen nicht definitiv deutsch war, so war es doch sein Stil. Die Nationalsozialisten fanden den Kern des Reptilgehirns und bauten eine Autobahn dorthin. Gebaut für Geschwindigkeit und Sicherheit, gebaut, tausend Jahre zu überdauern, waren die *Reichsautobahnen,* und, wenn Sie sich erinnern, auch so angelegt, daß sie sich der Landschaft anpaßten, harmonisch wie ein Gartenpfad.